W0217213

Lavie Tidhar

Geheimagentin Candy und die Schokoladen-Mafia

Lavie Tidhar

Geheimagentin Candy und die Schokoladen-Mafia

Aus dem Englischen von Ulrike Köbele

Mit Illustrationen von Max Meinzold

Loewe

ISBN 978-3-7855-8962-5
1. Auflage 2018
erschienen unter dem Originaltitel *Candy* bei Scholastic Ltd.
Copyright © 2018 by Lavie Tidhar
All rights reserved.
Published by arrangement with SCHOLASTIC Ltd.,
Euston House, 24 Eversholt Street, London, NW1 1DB, UK
Für die deutschsprachige Ausgabe © 2018 Loewe Verlag GmbH, Bindlach
Aus dem Englischen übersetzt von Ulrike Köbele
Umschlag- und Innenillustrationen: Maximilian Meinzold
Umschlaggestaltung: Ramona Karl
Printed in Germany

www.loewe-verlag.de

Kapitel 1

Die Sonne schien hell durch mein Bürofenster im Garten hinter unserem Haus und keine Wolke war am Himmel zu sehen. Ich hatte einen Schreibtisch und zwei Stühle, von denen einer für Besucher gedacht war, ein Bücherregal und einen Aktenschrank – alles, was ein Detektivbüro braucht. In meiner Schreibtischschublade befand sich außerdem eine halbvolle Schachtel Pralinen. Oder eine halbleere. Je nachdem. Sie war ein Geschenk von einem dankbaren Klienten. Und illegal, wie alle Süßigkeiten in der Stadt. Ich ging jedoch nicht davon aus, dass irgendjemand mich kontrollieren würde.

Ich hatte gerade meine Hand in die Schublade gesteckt und versuchte vergeblich, die Pralinen allein durch Tasten zu erkennen. Aber es war unmöglich herauszufinden, ob es sich um eine mit Karamell- oder

Marzipanfüllung handelte. In dem Moment klopfte es an der Tür.

Schnell schob ich die Schublade wieder zu, wobei ich mir vor lauter Eile fast die Hand darin einklemmte. Dann richtete ich mich auf und gab mir alle Mühe, schwer beschäftigt und kompetent auszusehen, wie es sich für eine gute Privatdetektivin gehörte.

Es war schon einen Monat her, seit das Schuljahr zu Ende gegangen war und ich meinen letzten Fall gelöst hatte. Bei diesem Auftrag hatte ich mich mit Zuckerschnute Ratchet und ihrer Gang, den Naschkatzen, angelegt und seitdem waren sie nicht gut auf mich zu sprechen. Um die Wahrheit zu sagen: Mir war mal wieder das Taschengeld ausgegangen, das Glück hatte mich verlassen, mein Hut war älter als ich und ich brauchte noch dringender einen Job, als ich mich nach einer Praline mit Karamellfüllung sehnte.

»Herein!«, rief ich.

Die Tür ging auf und er trat ein. Er hatte Segelohren, feuerrote Haare und haufenweise Sommersprossen um die Nase, und in seinem Mund waren mehr Zähne als hineinpassten. Damit kaute er laut schmatzend auf einem Kaugummi herum, ohne sich darum zu scheren, dass das illegal war. Ich musterte ihn eingehend. Er roch förmlich nach Ärger.

»Nelle Faulkner?«, fragte er. »Die Detektivin?«

»Kommt drauf an, wer das wissen will«, antwortete ich. Er sah aus, als sei er aus Plätzchenteig gemacht, irgendwie roh und unförmig. Meiner Einschätzung nach musste er ungefähr in meinem Alter sein, also zwölf, vielleicht auch ein bisschen älter.

Er setzte ein entwaffnendes Lächeln auf, bei dem alle seine Zähne zum Vorschein kamen.

»Du kriegst noch Karies, wenn du weiter auf dem Kaugummi rumkaust«, brummte ich.

»Bist du etwa meine Mutter?«

Ich überging seine Bemerkung. So was perlte einfach an mir ab.

»Wer bist du?«, fragte ich stattdessen.

»Tut mir leid, ich hätte mich vorstellen sollen.«

Es tat ihm kein bisschen leid. Er knatschte weiter auf seinem Kaugummi herum, als hinge sein Leben davon ab.

»Ich bin Eddie. Eddie de Menthe.«

Ich setzte mich ein wenig aufrechter hin. Jetzt wusste ich, mit wem ich es zu tun hatte.

»Du bist der Süßigkeitenschmuggler?«, erwiderte ich. Ich hatte seinen Namen schon öfter in den Schulfluren gehört. Gerüchten zufolge unterstand ihm die Hälfte des illegalen Zuckerhandels in der Stadt. Wenn man Lust auf ein Marshmallow oder eine Schokolinse hatte, musste man sich angeblich nur an Eddie de

Menthe und seine Gang wenden. Sie hatten einen richtigen Schwarzmarkt aufgezogen, auf dem sie alle Arten von Süßigkeiten verkauften, ohne dass die Erwachsenen davon Wind bekamen. Ich hatte keine Ahnung, woher seine Ware stammte, und ich wollte es auch gar nicht wissen.

»Nee«, wiegelte er ab. »So ist das nicht, ganz ehrlich. Ich bin nur ein Kind.«

Sein Gesichtsausdruck sprach eine andere Sprache. Er wirkte in etwa so unschuldig wie ein Kind, das man mit einer Tüte voller Karamellpopcorn erwischt hatte, und noch weniger unschuldig ging gar nicht.

»Ach ja?«, hakte ich nach.

Er zuckte mit den Schultern, als ginge ihn das alles nichts an. »Die Leute wollen eben ihren Süßkram«, sagte er. »Ich helfe ihnen bloß.«

Irgendwie mochte ich ihn. Er versuchte nicht, sich rauszureden. Aber er bedeutete Ärger, das wusste ich, und er wusste, dass ich es wusste.

»Wie kann ich dir helfen, Mr de Menthe?«, erkundigte ich mich.

»Eddie, bitte.«

»Wenn du darauf bestehst.«

»Ich brauche einen Privatdetektiv. Einen Schnüffler.« Er lächelte, zog ein Päckchen Kaugummi aus der Tasche und hielt es mir hin. »Auch eins?«

»Nein.«

»Ist doch kein Verbrechen«, sagte er.

»Genau genommen ist es das sehr wohl.«

Er kaute lächelnd auf seinem herum, als wäre es ihm herzlich egal, was es vermutlich auch war.

»Wie kann ich dir helfen?«, wiederholte ich.

»Ist kompliziert.«

»Wenn es etwas Illegales ist …«

»Nein, nein«, beschwichtigte er. »Um so was geht es nicht. Dafür habe ich … meine eigenen Leute.«

Den Gerüchten nach arbeitete jedes zweite Kind in der Stadt für ihn. Sie schmuggelten Süßigkeiten in die Stadt und verkauften sie dann weiter. Ich konnte mir nicht vorstellen, was er von mir wollte, und das sagte ich ihm auch.

»Mir ist etwas gestohlen worden«, erklärte er, »und ich brauche es zurück.«

»Aha«, sagte ich verständnisvoll. »Was wurde denn gestohlen?«

Jetzt wirkte er zum ersten Mal nervös. »Das bleibt aber unter uns, ja?«, fragte er.

»Wir Privatdetektive«, verkündete ich feierlich, »sind wie Priester oder Ärzte. Was auch immer du sagst, bleibt in diesem Zimmer.«

»Na ja, es ist aber nicht wirklich ein Zimmer, oder?«, erwiderte er. »Es ist ein Geräteschuppen.«

»Es ist mein Büro.«

»Aber es ist ein Schuppen«, beharrte er. »Im Garten deiner Mom. Ich kann ihr durchs Fenster beim Jäten der Rosenbeete zusehen.«

»Hör zu, Freundchen.« Langsam wurde ich ungehalten. »Du bist zu *mir* gekommen. Nicht ich zu dir. Wo ist *dein* Büro, auf irgendeinem verlassenen Spielplatz?«

»Um ehrlich zu sein …«

Ich hätte es wissen müssen.

»Der in der Malloy Road? Den sie vor sechs Monaten wegen Renovierungsarbeiten geschlossen haben?«, fragte ich.

»Du warst noch nie dort?« Er grinste. »Pass nur auf, dass du noch alle Murmeln im Sack hast, wenn du dich mal dort blicken lässt.«

»Wovon redest du?«

Er grinste unbeirrt weiter. »Wirst schon sehen.«

Ich seufzte, lehnte mich zurück und streckte unter dem Tisch die Beine aus. Ich dachte an Süßigkeiten. Daran, dass man sie in jeder anderen Stadt einfach im Laden kaufen konnte, nur nicht bei uns – nicht mehr. Ich dachte daran, wie lecker sie schmeckten, und daran, dass nur, weil etwas plötzlich illegal war, es noch lange nicht aus der Stadt und dem Gedächtnis verschwand.

»Du weichst meiner Frage aus«, sagte ich.

»Die da wäre?«

»Was hast du verloren?«

»Ich habe es nicht verloren. Ich hab dir doch gesagt, es wurde mir gestohlen.«

»*Was* wurde gestohlen?«, schrie ich. Er zuckte zusammen. Langsam ging er mir wirklich auf die Nerven.

»Ein Teddy, okay?«, antwortete er.

Ich richtete mich auf und musterte ihn über den Schreibtisch hinweg. Der Ausdruck in seinen Augen war sanft und ein bisschen traurig.

»Ein Teddy?«, wiederholte ich ungläubig. Machte er Witze? Er war mindestens zwölf*einhalb*.

»Ein Teddybär. Ein alter Teddybär. In Ordnung? Das ist alles.«

Ich schwieg eine Weile. Anfangs wirkte er beschämt, doch dann hob er den Kopf und funkelte mich trotzig an.

Schließlich fragte ich: »Hat er auch einen Namen?«

»Einfach nur Teddy.«

»Sehr originell.«

»Es ist nicht meiner. Er … er gehört einem Freund.«

»Soso, einem Freund.«

»Ja, einem *Freund*«, antwortete er mit Nachdruck. »Und ich brauche ihn zurück. Es ist wichtig.«

»Hör mal«, sagte ich, »tut mir echt leid wegen deinem Verlust und so, aber kannst du dir nicht einfach, keine Ahnung, einen neuen kaufen?«

»Hattest du jemals einen Teddy?«, fragte er. Ich wand mich verlegen, was ihm natürlich nicht entging.

»Du hast ihn immer noch, hab ich recht?«

»Es ist eine sie und ihr Name ist Delphina«, erwiderte ich. »Del Bär.« Ich wusste nicht, warum ich ihm das erzählte. Mein Dad hatte sie mir gekauft, als ich klein war. Vor seinem Tod.

»Ich brauche ihn zurück«, wiederholte Eddie de Menthe.

Ich sah ihn durchdringend an.

Er war einer der gefürchtetsten Süßigkeitenschmuggler der Stadt und jetzt kam er wegen eines verschwundenen Teddybären zu mir? War das tatsächlich sein Ernst?

Ich blickte ihn nachdenklich an. Er sah aus, als sei es ihm todernst.

Nein, dachte ich. Es war noch mehr – er sah *besorgt* aus.

»Na schön.« Ich hatte mich entschieden. Ich griff nach meinem Notizbuch und einem Stift. »Kannst du ihn mir beschreiben?«

Eddie begann: »Er ist alt. Er hat braunes Fell, das ein paarmal zu oft gewaschen worden ist, weswegen es inzwischen eher schmutzig grau wirkt. Ihm fehlt das linke Auge und er hat ein zugenähtes Loch in der Brust, das ein bisschen wie eine Schusswunde aussieht. Außerdem fehlt ihm ein Stück von seinem rechten Ohr. Er hat eine süße schwarze Knopfnase. Und er hat noch sein Originaletikett, auch wenn das so verblichen ist, dass man es nicht mehr lesen kann. Aber wenn man es könnte, würde ›Farnsworth‹ draufstehen.«

Beim Klang des Namens hielt ich inne. Eddie beobachtete mich sehr aufmerksam. Er bemerkte mein Zögern.

Jeder kannte diesen Namen. Er prangte über dem Tor der stillgelegten Fabrik und er hatte auf fast allen Schokoriegeln gestanden, die in der Stadt verkauft worden waren, bevor Süßigkeiten verboten wurden.

Es war jetzt drei lange Jahre her, dass Bürgermeister Thornton das Prohibitionsgesetz erlassen hatte, durch das Schokolade und alle anderen Süßigkeiten aus unserer Stadt verbannt wurden. Ich war damals erst neun, aber ich konnte mich noch gut daran erinnern. Das konnten wir alle. Es war ebenfalls drei lange Jahre her, dass die Fabrik geschlossen worden und Mr Farnsworth verschwunden war.

Inzwischen fiel es mir immer schwerer, mir eine Welt vorzustellen, in der man Schokolade essen konnte, wann immer einem danach war, einfach so in der Öffentlichkeit. Und in der man, wenn man keine hatte, problemlos in ein Geschäft gehen und welche kaufen konnte.

Damals hatte die ganze Stadt danach gerochen. Der Duft stieg Tag und Nacht von der Farnsworth-Fabrik auf und legte sich über die Dächer und Straßen, sodass alle etwas davon hatten, egal wie arm oder reich sie waren. Der Duft von Schokolade.

Er war überall.

Er hing in unseren Kleidern, in unseren Haaren und in der Wärme unserer Kissen, wenn wir abends schlafen gingen. Ich konnte mich immer noch daran erinnern. Es war der Duft meines Vaters.

Er hatte in der Fabrik gearbeitet und die Schokolade hatte sich auf seiner Haut, unter seinen Fingernägeln und in seinen Haaren festgesetzt. Der Geruch hatte ihm angehaftet, egal wie oft er sich gewaschen hatte, und egal, welches Rasierwasser er benutzt hatte.

Er war ein Teil von ihm gewesen.

Jetzt roch die Stadt nur noch nach Blumen und Erde, nach frischem Brot und Kaffee, nach Autoabgasen und Schweiß. So wie jede andere Stadt auch.

Aber früher einmal hatte sie nach Märchen gerochen.

Sie hatte *wundervoll* gerochen.

Ich räusperte mich. »Was kannst du mir sonst noch über ihn sagen?«

»Ich kann dir sagen, dass es wichtig ist, dass ich ihn wiederbekomme.«

»Ich verlange fünfzig Cent am Tag plus Spesen«, sagte ich.

Er zuckte gleichgültig mit den Schultern, so als würde Geld für ihn überhaupt keine Rolle spielen, was es vermutlich auch nicht tat.

»Ich brauche diesen Teddy zurück«, wiederholte er.

Nach und nach konnte ich ihm auch die restlichen Einzelheiten entlocken. Er bewahrte den Teddy in seinem »Büro« auf dem alten Spielplatz in der Malloy Road auf, wo sich die Kinder trafen, um geschmuggelte Schokolade zu kaufen und Murmeln zu spielen. Er hatte den Verdacht, dass einer seiner Rivalen ihn gestohlen haben könnte, wollte sich aber nicht dazu äußern, warum er das dachte. Ich hatte den Eindruck, dass er mir generell sehr viel verschwieg. Er sagte, sein größter Rivale sei ein Junge namens Waffles, der oben auf dem Hügel lebte. Ich hatte noch nie von ihm gehört. Mehr konnte er nicht erzählen. Ich sah ihm an, wie beunruhigt er war.

»Ich werde ein paar Nachforschungen anstellen«, sagte ich schließlich. »Und ich werde auch bei dir vorbeischauen müssen.«

»Ich hab meinen Leuten schon gesagt, dass sie mit dir rechnen sollen«, antwortete er.

»Wunderbar.«

Schweigend sahen wir einander über den Schreibtisch hinweg an. Eddie de Menthe war ein großer Junge. Er konnte gut auf sich selbst aufpassen, und doch wirkte er in diesem Moment fast ein bisschen verloren.

»Ich werde ihn finden«, versicherte ich.

»Gut.« Erleichtert stand er auf. An der Tür drehte er sich noch einmal zu mir um.

»Danke, Nelle.«

Er wandte sich zum Gehen.

»Hey«, sagte ich.

»Ja?«

»Warum ich?«

Für einen Moment stahl sich ein Lächeln auf seine Lippen und sein Ausdruck wurde milder.

»Wir haben früher zusammen im Sandkasten gebuddelt«, antwortete er.

Ich sah ihn überrascht an. »Daran kann ich mich nicht erinnern.«

»Tja, dann.« Er zuckte mit den Schultern. »Man sieht sich, Nelle.«

»Bis dann, Eddie.«

Nachdem er gegangen war, blieb ich noch eine Weile an meinem Schreibtisch sitzen. Meine Mutter war ins Haus gegangen und Eddie schlich durchs Gartentor nach draußen, ohne dass ihn jemand sah. Er war gut darin.

Die Sonne schien durchs Fenster herein.

Und ich dachte an Schokolade.

Kapitel 2

Es klang nach einem einfachen Fall. Die Art von Auftrag, die ich jederzeit annehmen würde. Es ging schließlich bloß um einen vermissten Teddybären.

Damit kam ich ja wohl klar.

Oder?

Der Süßigkeitenschwarzmarkt war allerdings etwas, womit ich bisher noch nie zu tun gehabt hatte. Ich meine, ich hatte kein Problem damit, hier und da mal einen Schokoriegel zu essen, der über Umwege in meine Hände gelangt war, aber ansonsten hielt ich mich an die Regeln.

An der Wand neben meinem Schreibtisch hing ein Foto von Dad. Ich hatte es jeden Tag vor mir, doch jetzt sah ich noch mal genauer hin.

Auf dem Bild war die funkelnagelneue Fabrik zu sehen. Sonnenlicht fiel auf das große Schild mit der Aufschrift »Farnsworth Schokoladenfabrik«.

Vor den Fabriktoren standen meine Mutter und mein Vater und lächelten in die Kamera. Mein Vater trug seinen blauen Arbeitsoverall, meine Mutter ein Sommerkleid. Auf dem Arm meines Vaters saß eine jüngere Version von mir und grinste strahlend und zahnlos in die Kamera.

Ich stellte mir gerne vor, dass ich mich an den Tag noch erinnern konnte: daran, wie mich mein Vater in den Armen hielt und ich mich sicher, warm und geborgen fühlte, während die Sonne wohlwollend auf uns herabschien.

Hinter uns dröhnten die großen Maschinen, die Tag und Nacht ohne Unterlass siebten, walzten, mischten, conchierten und temperierten. An diesem Tag musste die Fabrik die Tore für Familienangehörige geöffnet haben, denn um uns herum waren lauter andere Familien, andere Mütter und Väter, die dort als Mechaniker und Einpacker, als Buchhalter und Verkoster arbeiteten.

Manchmal glaubte ich immer noch, den Geschmack von Schokolade in der Luft wahrnehmen und die zuckerwatteflauschigen Wolken am Himmel sehen zu können.

Aber natürlich konnte ich das nicht.

Als ich nach draußen in den Garten ging, war meine Mutter zurück und goss die Blumen. Sie werkelte in ihren Gartenhandschuhen fröhlich vor sich hin. Ab und zu strich sie sich mit einem Finger die schweißfeuchten Haare aus der Stirn. Als sie mich sah, lächelte sie. Ich umarmte sie und sagte, dass ich zum Spielplatz wollte. Dann schloss ich mein Fahrrad auf und fuhr los.

Es war ein heißer Tag, einer von der Sorte, bei der Schokolade zu klebrigen Pfützen schmolz. Ich bog nach links in die Leigh Brackett Road, eine hübsche, ruhige Straße, die auf beiden Seiten von Bäumen gesäumt war und daher viel Schatten bot. Aus der Bäckerei an der Ecke wehte mir der Duft von frisch gebackenem Brot entgegen. Unwillkürlich musste ich an Donuts und Schokocroissants denken, an Plunderteilchen und Windbeutel. Alles, was ich in meiner Tasche hatte, waren ein halbes Käsebrot und ein Apfel. War sowieso gesünder. Das behauptete jedenfalls unser Bürgermeister.

Bürgermeister Thornton hatte sich in unser Leben gestohlen wie ein Dieb in einen Süßwarenladen. In seinem Wahlkampf hatte er überall herumposaunt, dass Schokolade und alle anderen Süßigkeiten verbannt werden müssten. Weil das besser für alle sei. Für die Kinder. Für unsere *Gesundheit.* Anscheinend hatten ihm die Leute geglaubt, denn er wurde tatsächlich gewählt.

Und in seiner allerersten Amtshandlung als Bürgermeister erließ er das Prohibitionsgesetz.

Egal wo ich langfuhr, überall war Bürgermeister Thorntons Gesicht: Er blickte mir von den Schildern entgegen, die die Hausbewohner in ihren Vorgärten aufgestellt hatten. Auf den Schildern lächelte er. Seine Zähne waren vollkommen ebenmäßig und sehr, sehr weiß. Er sah aus wie jemand, der in seinem ganzen Leben noch nie einen Schokoriegel gegessen hatte.

Schließlich erreichte ich die Malloy Road, eine breite Allee, die an ruhigen Apartmentkomplexen und Doppelhaushälften vorbeiführte. Auf der gegenüberliegenden Straßenseite erstreckte sich die alte Schule fast über den gesamten Block. Das Gebäude war schon einige Jahre baufällig gewesen und nun endlich zu Renovierungszwecken geschlossen worden. Allerdings waren nirgends Bauarbeiter zu sehen und es schien, als sei das schon seit Monaten so. Das Areal war mit einem Bauzaun abgesperrt, an dem überall Schilder hingen, doch sie waren verrostet und der Zaun war voller Löcher, wo vermutlich Hunde ihn durchbrochen hatten. Auch auf diesen Schildern war der Bürgermeister zu sehen. Mit einem leuchtend gelben Schutzhelm saß er lächelnd in einem Kran.

Die Schulgebäude zeichneten sich grauschwarz vor dem blauen Himmel ab. Ihre Schatten fielen wie dunkle Schokolade auf die Straße, während ich darauf zuging.

Es war ruhig, auch wenn die Schule eindeutig nicht so verlassen war, wie es den Anschein hatte. Ich lief am Zaun entlang zur Rückseite, wo der Spielplatz lag. Hier war der Zaun ausgebessert und mit dünnen Holzpaneelen verstärkt worden, sodass man nicht hindurchsehen konnte. Es gab kein echtes Tor, aber als ich näher kam, entdeckte ich einen Jungen und ein Mädchen, die vor einer improvisierten Holztür Wache standen.

»Passwort?«

»Eddie meinte, ich könnte einfach vorbeikommen. Mein Name ist Faulkner. Nelle Faulkner.«

Die beiden wechselten einen Blick.

»Eddie hat uns schon gesagt, dass du kommen würdest. Du kannst reingehen.«

Ich musterte die Tür. Von außen war nicht zu erkennen, was dahinterlag.

Das machte mir ein bisschen Angst. Wenn ich durch diese Tür ging, betrat ich womöglich eine Welt, die ich nicht kannte und die ich nicht verstand, und vielleicht würde ich nie wieder rauskommen. Aber andererseits war ich auch neugierig. Ein Teil von mir wollte *unbe-*

dingt wissen, wie es dahinter aussah. Ich mochte keine Geheimnisse. Deswegen versuchte ich, jedes Rätsel zu lösen, auf das ich stieß.

»Was ist? Gehst du jetzt rein oder nicht?«

Ich sah noch einmal die Tür an. Dann gewann meine Neugier die Oberhand. Ich nickte. Der Junge schob die Tür auf und trat beiseite, um mich vorbeizulassen.

So gelangte ich auf den Spielplatz.

Kapitel 3

Der Tag war heiß, aber der Spielplatz lag glücklicherweise im Schatten der Schulgebäude. Hier ging es zu wie in einem Bienenstock. Überall waren Kinder: Kinder, die auf den selbst gebauten Picknicktischen herumfläzten, Kinder, die sich durch einen Berg Süßigkeiten futterten, und weit und breit kein Erwachsener in Sicht.

Auf dem Boden waren mit Kreide Ringe aufgemalt und in jedem dieser Ringe waren Murmeln verstreut. Ziel des Spiels war es, so viele Murmeln wie möglich einzusammeln. Dafür musste man mit einer großen Murmel auf einen der Ringe zielen und möglichst viele von den kleineren Murmeln darin rausschießen.

Was nicht so einfach war, wie es klang.

Um die Spieler hatten sich weitere Kinder versammelt, die auf den Gewinner wetteten. Der Einsatz waren – was auch sonst – Süßigkeiten. Niemand war laut, aber jedes Mal, wenn ein Spieler an der Reihe war, wurde er flüsternd angefeuert. Ich entdeckte meinen Nachbarn Cody, den kleinen Jungen von nebenan. Ich wusste nicht, dass sich Cody an Orten wie diesem rumtrieb. Das gefiel mir nicht. Ich versuchte, ein Auge auf ihn zu haben, so gut es ging.

Er lag auf dem Bauch, einen riesigen Haufen Murmeln neben sich. Hoch konzentriert kniff er ein Auge zu und schnippte seine Murmel in den Ring. Sie prallte mit einem hörbaren *Pling* gegen mehrere Hindernisse. Die anderen Glaskugeln rollten in alle Richtungen davon und zwei sogar ganz aus dem Ring. Ein Junge kam, sammelte die beiden Murmeln auf und gab sie Cody, der sie zu seinem Haufen dazulegte. Er schlug sich offenbar gut.

Um ihn herum war aufgeregtes Raunen zu hören und ich sah, wie einige Süßigkeiten den Besitzer wechselten. Cody war erneut an der Reihe. Diesmal gelang es ihm, drei Murmeln aus dem Ring zu befördern, darunter auch eine große von einem seiner Gegner. Der andere stieß einen enttäuschten Fluch aus und stand mit leeren Händen auf.

Cody grinste.

Ich sah zu, bis der Ring leer geräumt war und die restlichen Spieler geschlagen waren. Cody verstaute seine Beute in einem Säckchen. Er war von zahlreichen Bewunderern umringt, die ihm anerkennend auf den Rücken schlugen und ihm durch die Haare strubbelten.

Er grinste immer noch. Bis er mich bemerkte.

»Nelle!«

»Hallo, Cody.«

»Du verrätst doch nichts, oder?«, fragte er besorgt.

»Wo ist deine Mom?«, wollte ich wissen.

»Sie ist mit Stuart im Kino.«

Stuart war sein Stiefvater.

»Du solltest nicht hier sein, Cody.«

Seine Miene verdüsterte sich. »Aber es gefällt mir hier«, beteuerte er. »Ich spiele gern Murmeln, Nelle. Da bin ich gut drin.«

Er blickte mich mit großen dunklen Augen an. Dann streckte er die Hand aus. »Hier«, sagte er. »Willst du ein paar Murmeln?«

Ich musste lächeln.

»Behalte sie«, erwiderte ich. »Aber du kommst mit mir nach Hause.«

»Na gut.« Er sah mich voller Vertrauen an.

»Wer hat denn hier das Kommando?«, fragte ich.

»Anouk«, antwortete er. »Anouk hat das Kommando.«

Ich schaute mich um. An der Mauer des Schulgebäudes lehnte ein dunkelhaariges Mädchen, das etwa zwei Jahre älter als ich sein musste. Als sie sah, dass ich zu ihr rüberblickte, kam sie auf uns zu. Ihre Bewegungen waren ruhig, aber zielstrebig.

»Faulkner?«

»Du musst Anouk sein.«

Sie strubbelte Cody liebevoll durchs Haar. »Eddie meinte, du würdest eventuell vorbeikommen. Er sagte, ich soll dir das Büro zeigen.«

»Das wäre nett.«

Ich wandte mich an Cody. »Du wartest hier.«

»In Ordnung, Nelle.« Sein Blick wanderte zum Murmelspiel. Ich ließ ihn stehen und folgte Anouk ins Büro. Sie führte mich durch eine Tür in einen kleinen Lagerraum.

Ich sah mich um. Überall standen Kisten, die wahrscheinlich voller Süßigkeiten waren. Ich hatte mir den Süßigkeitenschwarzmarkt immer wie eine Art Spiel vorgestellt: ein paar Pralinen hier, ein paar Schokoriegel da. Dementsprechend schockiert war ich nun, da ich das wahre Ausmaß erkannte. Plötzlich fühlte es sich ganz und gar nicht mehr wie ein Spiel an.

»Ich soll dir von Eddie sagen, dass der Teddy da oben auf dem Regal saß.« Anouk zeigte auf ein Regalbrett, das über einem alten Schreibtisch an der

Wand befestigt war und in dem einige Gegenstände standen, die auf den ersten Blick nicht so recht zusammenpassen wollten: ein alter Pokal, ein Seestern und eine Blechdose mit Blumen. »Ich dachte immer, er sei so was wie Eddies Glücksbringer. Etwas, das seine Mom ihm geschenkt hat, bevor sie starb.«

»Er ist von *hier* gestohlen worden?«, fragte ich überrascht.

Anouk zuckte mit den Schultern. »Glaub schon«, antwortete sie. »Obwohl es nur eine Tür gibt und normalerweise immer jemand hier drin ist.«

»Und sonst fehlt nichts?«

»Nicht, dass ich wüsste.«

»Merkwürdig«, sagte ich. »Wenn hier schon jemand einbricht, würde man doch meinen, dass er es eher auf die Süßigkeiten abgesehen hätte.«

Sie zuckte erneut mit den Schultern. »Ich kann mir beim besten Willen nicht vorstellen, wie es irgendjemandem gelingen konnte, den Teddy zu stehlen«, meinte sie. »Es sei denn, es war einer von uns.«

»Und, war es einer von euch?«

»Nein, Nelle«, erwiderte sie geduldig. »Von uns hat keiner den Teddy gestohlen. Wozu auch? Es war doch bloß ein altes Stofftier.«

Ich nickte zögerlich. Ich hatte keine Ahnung, wie der Teddy hier herausgeschafft worden war, aber um das herauszufinden, musste ich offenbar auch dahinterkommen, *warum* er gestohlen worden war. Meiner Meinung nach lag Anouk mit ihrer Einschätzung, dass es niemand von hier gewesen sein konnte, falsch. Besonders gut schienen sie den Raum nicht zu bewachen, sodass jeder auf dem Spielplatz lediglich einen günstigen Moment hätte abwarten müssen, um reinzulaufen und den Teddy zu klauen.

So gesehen war das *Wie* kein allzu großes Rätsel. Der Dieb hätte ihn anschließend problemlos vom Spielplatz mit nach Hause nehmen können.

Aber die Antwort, die ich suchte, fand ich dadurch auch nicht. Nämlich, *wer* ihn gestohlen hatte.

Die eigentliche Frage war: *Warum* war er gestohlen worden? Was war so wichtig an einem alten Teddybären?

Eddie bedeutete er offensichtlich viel … mehr als er sollte. Konnte er irgendwie mit dem Süßigkeitenhandel in Verbindung stehen? Und wenn ja, war es wirklich klug, mich weiter mit diesem Fall zu befassen?

»Lust auf Schokolade?«, fragte Anouk.

»Nein, danke.« Ich sah sie an, während ich über diese Spielplatzoperation und all die Kisten mit Süßigkeiten hier im Lagerraum nachdachte.

»Wo kriegt ihr die Schokolade eigentlich her?«, erkundigte ich mich.

Anouk warf mir einen abschätzigen Blick zu. »Diese Art von Fragen solltest du lieber nicht stellen, Nelle.« Es klang wie eine Warnung, deswegen hakte ich nicht weiter nach. Fürs Erste jedenfalls.

»Ach ja, eine Sache noch«, sagte ich, als ich schon fast zur Tür raus war.

Anouk drehte sich zu mir um und gab sich keinerlei Mühe, ihre Verärgerung zu verbergen. »Was ist denn?«

»Eddie hat erwähnt, dass ihr Rivalen habt? Einen gewissen …« Ich zog mein Notizbuch zurate. »Waffles McKenzie?«

»Ja, der hat seine eigene Gang«, antwortete sie. »Er verschachert seine Ware drüben in der Nähe der Altman Street, im Hinterzimmer eines Gebrauchtwarenladens.«

»Was, etwa bei Bobby Singh?«, fragte ich überrascht.

»Ja. Kennst du ihn?«

Ich nickte. Bobby war ein Freund von mir.

»Na dann. Ist sonst noch was, Fräulein Detektivin?«

»Nein. Danke noch mal.« Ich ging los, um Cody einzusammeln. Er war schon wieder mitten in einem Murmelspiel, stand aber widerspruchslos auf, als ich ihn rief.

Wir verließen den Spielplatz. Ich nahm seine Hand,

die warm und von der vielen Schokolade ganz klebrig war. Als wir die Straße überquerten, glitt auf der anderen Straßenseite im Schatten der Bäume ein schwarzes Auto aus einer Parklücke, überholte uns und fuhr davon.

Kapitel 4

Nachdem ich Cody zu Hause abgesetzt hatte, machte ich mich wieder auf den Weg. Als ich am Ohls Square vorbeiradelte, war dort gerade eine Wahlkampfveranstaltung in vollem Gange. Die erste Amtszeit des Bürgermeisters war beinahe rum und jetzt kämpfte er für seine Wiederwahl. Der Platz war mit Fahnen und Wimpeln festlich geschmückt und in der Mitte, neben dem Springbrunnen, stand eine Bühne. Eine Blaskapelle spielte und an der Bühne waren Ballons festgebunden. Freiwillige verteilten Möhren und Selleriestangen, auch wenn die Leute, die sie entgegennahmen, nicht sonderlich begeistert wirkten.

Ich hielt an und ließ mir von einem der Freiwilligen ein Glas Rote-Bete-Saft in die Hand drücken, was ich jedoch sofort bereute, kaum dass ich einen Schluck davon getrunken hatte. In dem Moment lief Mr

Lloyd-Williams von *Teddys, Tollereien & Tüddelkram*, dem örtlichen Spielwarenladen, an uns vorbei.

»Nein, vielen Dank, junge Dame, ich lege keinen Wert auf eine Karotte!«, verkündete er mit seinem britischen Akzent, als eine Frau ihm eine hinhielt. »Wenn ich *Gemüse* essen wollte, wäre ich in England geblieben, wo man wenigstens den Anstand besitzt, es vorher zu *kochen!«* Er stapfte empört davon.

Jemand klopfte aufs Mikro, worauf ein schrilles Rückkopplungskreischen aus den Lautsprechern vor der Bühne gellte. Dann trat Bürgermeister Thornton vor.

»Hallo!«

Er hob die Arme. Die Menge fing an zu applaudieren.

»Habt ihr alle Spaß?«

»Ja!«

Noch mehr Applaus. Der Bürgermeister lächelte strahlend auf uns herab. Da oben auf der Bühne wirkte er wohlwollend und gelöst.

»Gesundheit! Wohlstand! Folgt euren Träumen!«

»Ja!«

»Esst euer …«

»Gemüse!«

»Esst euer …«

»Gemüse!«

»Esst euer …«

»G…«

»Aber mal im Ernst, Leute. Vielen Dank fürs Kommen. Es war mir eine Ehre und ein großes Privileg, dieser Stadt in den vergangenen drei Jahren als Bürgermeister zu Diensten sein zu dürfen. Die Prohibition hat unsere Kinder gesünder und glücklicher gemacht und ihnen geholfen, sich besser den Anforderungen des Lebens zu stellen. Unsere Stadt ist friedlich und gedeiht. Ich werde euch nicht lange aufhalten – ich weiß, ihr habt alle viel zu tun. Ich möchte euch nur bitten, am Wahltag an die Urnen zu gehen«, er grinste uns mit seinen blendend weißen Zähnen an, »und für Thornton als Bürgermeister zu stimmen. Würdet ihr das für mich tun? Für uns alle? Für unsere Kinder und die Zukunft unserer Kinder?«

Die Menge flippte aus und warf ihre Selleriestangen in die Luft.

»Thornton! Wählt Thornton!«

Der Bürgermeister hob erneut die Arme, schlug die Hände über dem Kopf zu einer Siegerpose zusammen und strahlte das Publikum an.

»Ihr wart wundervoll!«, rief er.

Die Blaskapelle legte wieder los und die Ballons stiegen in den Himmel. Der Bürgermeister kam von der Bühne, um den Menschen die Hände zu schütteln.

Ich setzte mich wieder auf mein Fahrrad und fuhr davon.

Obwohl ich nur einen winzigen Schluck Rote-Bete-Saft getrunken hatte, hielt sich der fiese Geschmack hartnäckig in meinem Mund.

Ich radelte die Altman Street entlang, bog nach links in die Leigh Backett Road und blieb vor einem Laden mit der Aufschrift »Gebrauchtwaren« stehen.

Das Schaufenster war schmutzig und in der Auslage dahinter stand eine wilde Mischung nicht zusammenpassender Schaufensterpuppen in Kleidung, die schon alt gewesen sein musste, bevor ich auf die Welt gekommen war. Als ich die Tür aufdrückte, klingelte ein Glöckchen.

Im Inneren des Ladens war es dunkel und kühl. In den Regalen fand sich ein buntes Sammelsurium von Gegenständen: ein Paar Damenhandschuhe, eine alte Goldmünze, neben der ein verblichenes handgeschriebenes Schild lag und verkündete, dass es sich um die seltene Brasher Doubloon handelte (was auch immer das sein mochte), ein Stapel verstaubter Krimis von Autoren, deren Namen niemand mehr kannte, die Statue eines Rußfalken, ein silbernes Milchkännchen in Gestalt einer unsagbar hässlichen Kuh, ein altes Feuerzeug mit einer unleserlichen Gravur, ein Kristallschädel, ein Päckchen Briefe aus der Zeit Königin Viktorias und noch viel, viel mehr. In diesem Laden gab es praktisch alles – außer Kundschaft. Die Gegenstände in den Regalen hätten die entscheidenden Hinweise in einem lange zurückliegenden Kriminalfall sein können. Jetzt konnte man sie für einen Apfel und ein Ei kaufen und bekam sogar noch Geld raus.

Hinter dem Tresen stand ein Mann mit einem Turban.

»Hallo, Nelle«, sagte er, als er mich erblickte.

»Mr Singh«, grüßte ich. »Ist Bobby da?«

Mr Singh stieß einen leidgeprüften Seufzer aus, dann zeigte er mit dem Daumen über seine Schulter und sagte: »Hinten.«

»Danke.«

»Kannst du ihm nicht klarmachen, dass er wenigstens ab und zu mal nach draußen gehen sollte?«, bat Mr Singh. »Ein bisschen frische Luft schnappen, etwas Ball spielen? Auf mich hört er nicht.«

»Er hört auf niemanden«, wandte ich ein.

Mr Singh nickte betrübt.

»Wie geht es Mrs Singh?«, erkundigte ich mich. Bobbys Mom war immer noch im Krankenhaus. Sie war schon lange krank und ich wusste, welche Angst die beiden um sie hatten.

»Lieb, dass du fragst, Nelle«, erwiderte er. »Aber du musst dir wirklich keine Sorgen um sie machen.«

So was sagten die Erwachsenen immer. Ich nickte trotzdem.

»Wie läuft das Geschäft?«, fragte ich stattdessen.

»Oh, glänzend.«

Ich ließ meinen Blick durch den dunklen, staubigen Laden schweifen. Über die Regale voller uralter, halb vergammelter Dinge, die niemand mehr wollte, sofern sie überhaupt jemals jemand gewollt hatte.

»Schön«, sagte ich.

Am hinteren Ende des Ladens gab es eine kleine Tür. Ich schob sie auf und kam in einen Lagerraum, der zum Geschäft gehörte. Bobby hatte ein paar Plastiktische und -stühle darin aufgestellt und in der Ecke stand ein Ventilator, der sich langsam hin- und herdrehte, dabei aber eigentlich nur die warme Luft gleichmäßig im Raum verteilte. An einer der Wände verlief ein langer Tresen, der verdächtig leer war.

»Nelle!«

»Hallo, Bobby«, sagte ich.

Außer ihm saßen noch mehrere Kinder unterschiedlichen Alters im Raum, die mich allesamt anstarrten. Ihre Hände hielten sie unter dem Tisch versteckt, sodass ich sie nicht sehen konnte.

»Nelle ist okay«, versicherte Bobby. Merklich beruhigt zogen die anderen ihre Hände wieder hervor, die voller Süßigkeiten waren, mit denen sie sich nun weiter vollstopften. Bobby grinste mich an und bückte sich unter den Tresen, um die ganzen Sachen hervorzuholen, die er eilig dahinter versteckt haben musste, als ich den Laden betreten hatte. Ungläubig bestaunte ich seine Waren.

Milchschokolade, dunkle Schokolade und Erdnussbutter, Gummibärchen und saure Drops, Zuckerstreusel, Brausepulver, Schoko-Nuss-Riegel und glasierte Mandeln, Waffeln und Bonbons, Lakritze und Pralinen – im Grunde hatte er alles außer Eiscreme.

Von all den Süßigkeiten, die ich vermisste, fehlte mir Eiscreme am allermeisten. Allein bei dem Gedanken an eine Waffel mit Vanilleeis und Schokosoße lief mir das Wasser im Mund zusammen. Unter den Waren, die Bobby im Angebot hatte, entdeckte ich eine Reihe bekannter Marken, die alle nicht von hier waren: Firmen wie die St.-Nougat-Manufaktur, Madame Sosotris und die Gebrüder Soufflé.

Bobby Singh stand immer noch hinter dem Tresen. Er war ein kleiner, magerer Junge, der ein Jahr älter war als ich, auch wenn er aussah, als sei er zwei Jahre jünger.

Er war ruhig und arbeitete hart. Ich kannte ihn schon seit dem Kindergarten.

»Hey, Bobby, ich würde dir gerne ein paar Fragen stellen«, sagte ich.

»Klar, Nelle. Aber warte kurz …«

Er drehte sich um und ich folgte seinem Beispiel. Gerade rechtzeitig, um festzustellen, dass noch jemand im Raum war.

Sie hatte sich vor mir aufgebaut, setzte eine verächtliche Miene auf und zeigte mit dem Finger auf mich. »Was will *die* denn hier?«

Ich verzog das Gesicht.

»Hallo, Zuckerschnute«, sagte ich.

Ihr richtiger Name war Mary Ratchet, aber alle nannten sie bloß Zuckerschnute. Sie war so gemein wie riesig, wies eine gewisse Ähnlichkeit mit einem Rollschinken auf und hatte Fäuste, groß wie zwei Käsekuchen. Ich hatte mich im Rahmen meines letzten Falls mit ihr und ihrer Gang, den Naschkatzen, angelegt. Die Namen täuschten: An ihr und ihren Gefolgsleuten war nichts süß.

Wir gingen in dieselbe Klasse. Jetzt grinste sie mich höhnisch an. Ihre Zähne sahen aus, als hätten sie deutlich zu viel Zucker abbekommen. »Suchst du Ärger, du Möchtegern-Detektivin?«

Sie war unglaublich nachtragend. Wenn sie erst mal einen Groll gegen jemanden hegte, dann hielt der sich so hartnäckig wie Kaugummi unter einer Schuhsohle. Der letzte Fall, bei dem wir aneinandergeraten waren, hatte nichts mit Schokolade zu tun gehabt. Ich hatte sie dumm dastehen lassen und das hatte ihr nicht geschmeckt. Ganz und gar nicht.

»Ich wollte zu Bobby«, erklärte ich liebenswürdig. »Wenn du also nichts dagegen hast …«

»Und ob ich was dagegen habe.« Sie kam auf mich zu, wobei sie ihre Riesenfäuste demonstrativ schwingen ließ. »Zuckerschnute hat *sehr wohl* etwas dagegen, dass so eine miese kleine Schnüfflerin meint, ihre Nase hier reinstecken zu müssen.«

Ich blickte ihr äußerlich ruhig entgegen, obwohl mir das Herz bis zum Hals schlug. Sie war größer und härter als ich und sie hatte Verstärkung. Drei Mädchen aus ihrer Gang, Daisy, Rosie und die kleine May, hatten sich hinter ihr aufgestellt und durchbohrten mich mit finsteren Blicken.

Die Kinder, die an den Tischen saßen, taten krampfhaft, als bekämen sie von alledem nichts mit. Sie futterten Schokoladentäfelchen, als hinge ihr Leben davon ab.

»Ich bin nicht deinetwegen hier«, sagte ich.

»Ach, ist das so, ja?«

»Lass gut sein, Zuckerschnute«, ging Bobby dazwischen. Seine Stimme war leise, aber bestimmt.

Zuckerschnute blieb stehen und sah mich mit verächtlicher Miene an. »Das ist noch nicht vorbei, Schnüfflerin«, drohte sie.

»Ich freue mich darauf, unser Gespräch zu vertiefen«, erwiderte ich, ohne mit der Wimper zu zucken.

»Bald«, sagte Zuckerschnute.

»Jederzeit!«, verkündete ich.

Sie leckte sich Schokoladenreste aus den Mundwinkeln. »Wir sehen uns, Bobby. Wir sehen uns ganz bald. Kommt, Leute«, rief sie ihrer Truppe zu. Als sie an mir vorbeiging, rammte sie mich mit der Schulter, so fest, dass ich das Gleichgewicht verlor und hinfiel. Sie lachte und ihre Gang lachte mit. Dann verschwanden sie.

»Tut mir leid, Nelle«, entschuldigte sich Bobby.

»Worum ging es da gerade?«, fragte ich, während ich mir den Staub von der Kleidung klopfte.

»Das ist kompliziert.«

»Können wir uns unterhalten?«

»Im Hinterzimmer.«

Ich folgte ihm hinter den Tresen. Er öffnete eine kleine Tür in der Wand.

Dahinter befand sich ein winziger Raum, kaum größer als ein Schrank. Er war voller Tüten mit Schokotalern, Pappschachteln mit gefüllten Schokoeiern und kistenweise Schokoriegeln in unbedrucktem Einwickelpapier. Die Glühbirne, die von der Decke hing, war ebenso nackt wie die Wände. Ich hockte mich auf eine der Kisten.

»Das ist es also?«, fragte ich. Den Verdacht hatte ich schon länger, ich hatte es nur nie beweisen können. »Du verkaufst Süßigkeiten?«

»Nur ein bisschen Schokolade«, wiegelte Bobby ab.

»Wo kriegst du das alles her?«, erkundigte ich mich.

Er warf mir einen Blick zu. »Worum geht es hier, Nelle?«

»Ich bin bloß neugierig«, antwortete ich.

»Neugier kann gefährlich sein.«

Ich zuckte mit den Schultern. »Ich liebe die Gefahr.«

Bobby seufzte.

»Jetzt komm, rück schon raus damit. Wie ich höre, beziehst du deine Süßigkeiten von Waffles.«

»Was sollen die Fragen, Nelle?«

»Ein Auftrag«, erklärte ich. »Vermisster Teddybär. Weißt du was darüber?«

»Was?« Er wirkte aufrichtig verwirrt. »Warum sollte ich?«

Ich zuckte wieder mit den Schultern. »Sag du es mir.«

»Ich weiß nichts von einem Teddybären, Nelle.«

»Wie steht's mit Eddie de Menthe?«

Er wurde still. »Ich hab kein Problem mit Eddie. Was soll das alles?«

Ich schüttelte den Kopf und lächelte freudlos. »Ich ziehe es vor, die Fragen zu stellen, Bobby.«

»Was springt für mich dabei raus?«, entgegnete er.

»Ich dachte, wir wären Freunde.«

»Wir *sind* Freunde, Nelle. Nur deswegen habe ich dich noch nicht hochkant rausgeworfen.«

»Na los, Bobby. Hilf mir mal ein bisschen«, bat ich. »Worauf habe ich mich hier eingelassen?«

»Ich weiß nichts über Eddies vermissten Teddybären«, sagte er, »aber es sieht so aus, als gäbe es demnächst ziemlichen Ärger. Kann sein, dass das irgendwie zusammenhängt.«

Er seufzte.

»Manchmal fühle ich mich, als wäre ich mitten in einem Spiel, das eigentlich Spaß machen sollte«, fuhr er fort, »nur geht es schon viel zu lange und es macht längst keinen Spaß mehr. Die anderen Mitspieler lassen allerdings nicht zu, dass man aufhört.«

»Ich weiß nicht mal, was das für ein Spiel ist«, erwiderte ich.

»So, wie ich dich kenne, wirst du es schnell lernen.«

»Also kannst du mir mehr sagen?«

»Bist du sicher, dass du das überhaupt willst, Nelle? Noch ist es nicht zu spät, aus der Nummer auszusteigen.«

War ich sicher?

Wie gesagt, ich war neugierig. Und neugierig zu sein, konnte einen in Schwierigkeiten bringen. Aber es konnte einen auch weiterbringen.

Ich nickte. »Absolut.«

»Na schön. Im Moment gibt es drei Hauptakteure auf dem Süßigkeitenschwarzmarkt«, erklärte Bobby. Er zählte sie an den Fingern ab. »Eddie de Menthe kennst du schon. Er ist der Anführer der größten Bande, der Keksteigjungs. Dann gibt es noch Waffles. Seine Gang ist nicht viel kleiner. Er hat praktisch überall die Finger im Spiel, auch hier bei mir. Er handelt mit Süßigkeiten, aber seine eigentliche Leidenschaft gilt Kuchen und Gebäck. In dem Markt hält er das Monopol. Wenn dir mal der Sinn nach einer frisch gebackenen Zimtschnecke oder einem Marmeladendonut steht, ist Waffles dein Mann.«

»Wer ist Nummer drei?«, fragte ich.

Warum hatte ich plötzlich so ein ungutes Gefühl?

Bobby lächelte müde. »Bist du noch nicht selbst drauf gekommen, Nelle? Du überraschst mich.« Mit dem Kinn deutete er Richtung Tür. »Schließlich war sie gerade noch hier.«

Jetzt endlich begriff ich, was er mir sagen wollte. Mir wurde schlecht, als hätte ich ein paar Plätzchen zu viel gegessen.

»Zuckerschnute«, sagte ich.

Er deutete ein Nicken an.

»Und jetzt versucht sie, sich deinen Laden unter den Nagel zu reißen?«

»Sie ist ein großes Mädchen mit noch größeren Träumen.«

»Die Naschkatzen?«

»Ja. Sie machen schon seit Beginn der Sommerferien ständig Ärger. Der Besuch gerade eben hatte nur einen Grund: Sie versucht, mich dazu zu bringen, für sie zu arbeiten. Sonst …«

»Sonst was?«

Bevor er etwas erwidern konnte, ertönten auf der anderen Seite der Tür Schreie und meine Frage wurde auf unerwartete und unerfreuliche Weise beantwortet.

Kapitel 5

Als wir die Tür öffneten, war das Chaos bereits in vollem Gang.

Der ganze Raum war mit buntem Rauch angefüllt, wie man ihn in jedem x-beliebigen Scherzartikelladen kaufen konnte. Allerdings war er mit irgendetwas gemischt worden, das einen beißenden Gestank absonderte, bei dem mir sofort die Tränen in die Augen stiegen. Verängstigte Kinder rannten auf der Suche nach dem Ausgang umher und stießen dabei ständig zusammen oder prallten gegen Möbelstücke, weil sie nichts sehen konnten. Über allem hing ein übler Geruch, als hätte ein Stinktier hier drinnen gewütet.

Panische Schreie gellten durch den Raum. Stühle kippten um. In dem albtraumhaften Rauch wirkten die umherirrenden Gestalten wie Schattenwesen. Ein besonders entsetzliches Exemplar, dessen Gesicht hinter einem rosarot gepunkteten Tuch verborgen war, löste sich aus dem Nebel. Zuckerschnute.

Bevor ich reagieren konnte, war sie auch schon wieder verschwunden. Ich versuchte zu atmen, aber da war keine Luft, nur der Gestank nach fauligen Eiern und Abwasserkanal.

Es war *grauenhaft*. Jemand hatte eine Rauchbombe gezündet und zusätzlich ein, zwei Stinkbomben hinterhergeworfen, um die höllische Wirkung noch zu verstärken. Und mit »Jemand«, schoss mir durch den Kopf, meinte ich in Wahrheit Zuckerschnute Ratchet. Offensichtlich hatten sie und die Naschkatzen nicht vorgehabt, es bei einem netten kleinen Schwatz mit Bobby zu belassen.

»Komm!«, rief ich und packte Bobby am Arm. Meine Augen tränten von dem Gestank. »Du musst die Tür aufmachen, damit frische Luft reinkommt!«

Er hustete. Der Rauch trieb in blauen, grünen und gelben Schwaden durch den Raum. Ich zog Bobby hinter mir her und versuchte, die Tür nach vorne zum Laden zu öffnen, doch sie war verschlossen. Irgendwo hinter mir konnte ich Zuckerschnute lachen hören.

»Die Hintertür!«, drängte Bobby. Gemeinsam tasteten wir uns durch den Raum, wobei wir alle naselang gegen irgendwelche Gegenstände stießen und mehr stolperten, als dass wir liefen. Wir konnten kaum etwas sehen. Bobby neben mir hörte gar nicht mehr auf zu husten. Wo war die Hintertür? Es musste eine geben, für die Anlieferung der Waren. Wenn ich mich recht erinnerte, führte sie auf eine schmale Gasse hinaus, in die sich nur selten jemand verirrte.

Schließlich fand ich sie. Ich riss sie auf und ein Schwall köstlicher, reiner Luft drang herein. Doch die Naschkatzen, die plötzlich hinter mir aufgetaucht waren, schubsten mich beiseite und rannten lachend nach draußen, die Arme voll mit Bobby Singhs geschmuggelten Süßigkeiten. Sie hatten seinen kompletten Bestand ausgeräumt.

Ich fiel zu Boden und sah Zuckerschnute, die über mir stand und mich hinter ihrem Tuch auslachte. Die rosaroten Punkte darauf erinnerten mich an zerkauten Kaugummi.

»Richte Waffles McKenzie aus, dass das hier ab sofort *mein* Süßwarenladen ist!«, verkündete sie. »Richte ihm aus, dass ich das gesagt habe!« Sie lachte schallend und lief nach draußen in die Gasse. Wenige Augenblicke später war sie verschwunden.

Ich saß einfach nur da, während die restlichen Kinder an mir vorbei an die frische Luft taumelten. Ihre Gesichter waren immer noch schokoladenverschmiert. Die Luft roch nach Stinkbomben und Süßigkeiten. Ein Geruch, den ich nicht so schnell vergessen würde.

Die Naschkatzen hatten ihren Standpunkt klargemacht.

Ich ging zu Bobby zurück. Er stand in der Mitte des Raumes und ließ den Blick über das Chaos schweifen, als Mr Singh hereinkam.

Bobby rief: »Dad!«, und rannte zu ihm.

»Was ist hier los?« Mr Singh wirkte verwirrt und verärgert zugleich. »Warum klemmte da ein Stuhl unter der Türklinke? Was habt ihr Kids hier drin angestellt? Und was ist das für ein Gestank?«

»Dad, wo *warst* du?«

»Ich habe einen dringenden Anruf gekriegt«, antwortete Mr Singh. »Jemand meinte, ich solle sofort ins Krankenhaus kommen. Ich wollte dich nicht beunruhigen, deswegen habe ich dir nichts gesagt. Aber als ich dort eintraf, stellte sich alles nur als schlechter Scherz heraus.«

Bobby und ich wechselten einen vielsagenden Blick.

Zuckerschnute.

»Da hat dir bloß jemand einen Streich gespielt«, sagte Bobby. »Ist nicht schlimm. Wie geht es Mom?«

»Es geht ihr … gut.« Mr Singh sah irgendwie betreten aus. »Sie wird bald wieder gesund, Bobby.« Er nahm ihn in den Arm, ließ ihn aber gleich wieder los.

»So, und jetzt räum das Chaos hier auf«, kommandierte er. »Und danach … geh raus an die frische Luft,

Bobby. Spiel mal ein bisschen Ball. Den ganzen Tag nur drinnen sitzen …« Er schüttelte den Kopf.

»Bobby, ich muss immer noch was mit dir besprechen«, sagte ich.

»Ein andermal, Nelle.«

»Okay«, erwiderte ich schlicht. »Ein andermal.«

Ich fasste ihn kurz an der Schulter und drückte sie leicht, dann wandte ich mich zum Gehen.

Ich war selbst ziemlich durch den Wind. Sobald ich draußen war, nahm ich einen tiefen Zug von der warmen, frischen Luft. Die Sonne ging bereits unter, aber es war immer noch hell.

Ich hatte gerade erst mit meinen Ermittlungen begonnen und schon steckte ich zwischen den Fronten eines Revierkampfes mehrerer rivalisierender Gangs. Dass die Gangster erst zwölf Jahre alt waren, machte dabei keinen Unterschied. Als ich mein Fahrrad holen wollte, stellte ich fest, dass jemand brutal dagegengetreten hatte, sodass die Speichen am Vorderrad vollkommen verbogen waren. Das waren garantiert auch Zuckerschnute und ihre Naschkatzen gewesen, daran bestand kein Zweifel.

Ich rieb mir über den Nasenrücken. Der Tag war lang gewesen. Auf der anderen Straßenseite parkte ein schwarzes Auto. Als ich hinübersah, ließ gerade jemand den Motor an und rollte in die Abenddämmerung davon. Kurz hatte ich das Gefühl, dass ich es schon mal gesehen hatte, aber das bildete ich mir wahrscheinlich bloß ein.

Ich nahm mein Fahrrad und schob es den weiten Weg nach Hause.

Kapitel 6

Als ich nach Hause kam, ging ich schnurstracks zu meiner Mom und umarmte sie ganz fest. Sie schloss mich in die Arme und strich mir übers Haar, bis es mir wieder besser ging. Ich sagte zu ihr, dass ich bei Bobby gewesen sei und es einen Streit gegeben habe. Am liebsten hätte ich ihr alles erzählt, auch das, was ich bisher rausgefunden hatte, und dass mir das alles irgendwie Angst machte. Aber ich wollte sie nicht beunruhigen.

»Bist du sicher, dass es dir gut geht?«, fragte sie, doch ich antwortete nicht.

Später, als ich schon im Bett lag, kam sie, um mich zuzudecken. Mir war immer noch ein bisschen übel von der Stinkbombe und dem vielen Rauch. Gleichzeitig wimmelte es in meinem Kopf nur so von unbeantworteten Fragen. Warum hatte jemand den Teddy von Eddies Spielplatz gestohlen? Steckte einer seiner Rivalen dahinter? Aber das ergab keinen Sinn – warum sollte jemand einen alten Teddybären stehlen? Und warum stand der Name *Farnsworth* auf dem Etikett?

Es dauerte lange, bis ich einschlief.

Am Morgen schien die Sonne durch mein Fenster und der neue Tag duftete nach frisch gemähtem Rasen und Spiegeleiern. Der gemähte Rasen war draußen. Die Eier waren in der Küche und warteten auf mich.

Nach dem Frühstück fuhr meine Mom zur Arbeit und ich war alleine. Ich ging raus in mein Büro. Als ich darauf zulief, erkannte ich, dass die Tür offen stand. Ich war mir sicher, dass ich sie gestern Abend mit dem rostigen Vorhängeschloss verriegelt hatte, das mein Dad früher benutzt hatte, um den Geräteschuppen abzuschließen. Das tat ich immer, obwohl sich darin nichts befand, was sich zu stehlen gelohnt hätte.

Vorsichtig schob ich die Tür auf.

Mein Büro war vollkommen verwüstet. Irgendjemand hatte alles durchwühlt. Meine Akten waren aus dem Schrank gerissen und auf dem Fußboden verstreut worden. Die Schreibtischschubladen waren herausgezogen und ausgeleert worden und der Schreibtisch lag falsch herum mit den Beinen nach oben, wie ein verwundetes Tier. Der Einbrecher hatte auch meine Pralinenschachtel gefunden, ihren Inhalt auf dem Boden verteilt und die Pralinen zu einer klebrigen, süßlich riechenden Masse zertreten.

Vor Entsetzen war ich wie gelähmt.

Jemand hatte auf der Suche nach etwas mein komplettes Büro auseinandergenommen. Aber was hatte er (oder sie?) gesucht? Bei mir gab es nichts zu holen, und soweit ich sehen konnte, fehlte auch nichts.

Erschüttert stand ich auf der Türschwelle und ließ den Blick über das Durcheinander schweifen.

Hing das mit Eddie de Menthes Besuch zusammen? Wahrscheinlich schon.

Aber ich verstand nicht, warum. Ich hatte noch keine einzige Antwort gefunden. Das Ganze war hochgradig verwirrend, machte mich zugleich aber auch sehr, sehr wütend. Warum tat jemand so was? Wonach hatte der Einbrecher gesucht? Ich holte tief Luft, um mich zu beruhigen, dann machte ich mich an die Arbeit.

Ich verbrachte den gesamten Vormittag damit, das Chaos zu beseitigen. Ich machte den Boden sauber, stellte den Schreibtisch und den Hutständer auf und räumte die Akten wieder ein. Danach fühlte ich mich besser.

Wer auch immer hier eingebrochen war, hatte sogar das Foto von meinem Dad von der Wand neben meinem Bücherregal gerissen und mit einem Messer die

Rückseite aufgehebelt, um nachzusehen, ob dahinter irgendwas versteckt war. Vorsichtig nahm ich das Foto aus dem Rahmen. Zu meiner Erleichterung war es unbeschädigt.

Auch meine Bücher lagen überall verstreut. Jedes einzelne war aufgeschlagen und umgedreht worden, damit alles rausfiel, was zwischen den Seiten steckte: Lesezeichen, getrocknete Blätter, die Postkarte einer Tante, von der ich schon gar nicht mehr wusste, dass ich sie bekommen hatte, und ein Geldschein in einer ausländischen Währung, die ich nicht erkannte. Das alles hätten Hinweise sein können. Waren sie aber nicht. Es waren bloß Dinge, die sich im Lauf der Jahre angesammelt hatten.

Als ich die Bücher wieder einräumte, fragte ich mich einmal mehr, worauf ich mich eingelassen hatte, als ich Eddie de Menthes Auftrag angenommen hatte. Es war offensichtlich, dass er nicht ganz ehrlich zu mir gewesen war. Er hatte es so dargestellt, als ginge es lediglich um einen vermissten Teddy, aber es steckte eindeutig mehr dahinter. Jemand wollte diesen Bären anscheinend *unbedingt* finden. Ich hatte nur immer noch keine Ahnung, warum. Was war an dem Teddy so besonders, dass jemand bereit war, ihn zu stehlen? So oder so war klar, dass ich noch mal mit Eddie reden musste.

Als ich nach draußen trat, sah ich, wie sich ein kleiner Lockenschopf über unseren Gartenzaun schob und sofort wieder verschwand.

»Cody?«, rief ich. »Bist du das?«

Der Kopf tauchte wieder auf. Zwei Augen musterten mich mit ernstem Blick über den Zaun hinweg.

»Hallo, Nelle«, sagte er schüchtern. »Alles okay?«

»Ja, Cody, mir geht es gut.«

Er nagte an seiner Unterlippe. »Es ist nur …«, setzte er an, verstummte jedoch gleich wieder.

»Ist schon okay, Cody. Du kannst es mir sagen.«

»Da war jemand gestern Abend«, berichtete er. »Ich habe gesehen, wie sie durchs Gartentor gekommen sind. Sie waren ganz leise. Sie haben die Tür aufgemacht und sind reingegangen, deswegen dachte ich, sie würden nichts Schlimmes machen. Ich dachte, das wären Freunde von dir.«

»Das waren sie bestimmt auch«, erwiderte ich, um ihn zu beruhigen. »Konntest du sie erkennen?«

»Nein, es war schon dunkel. Ich hab bloß Umrisse gesehen.«

»Wie viele waren es denn?«

»Zwei.« Er dachte einen Moment nach. »Nur zwei.«

»Jungs? Oder Mädchen?«

Auch das ließ er sich durch den Kopf gehen. Er war ein nachdenkliches Kind und legte Wert darauf, jede

Frage mit der angemessenen Gründlichkeit zu beantworten.

»Das konnte ich nicht sehen«, sagte er schließlich. Ich war enttäuscht, wollte es mir aber nicht anmerken lassen. »Es war zu dunkel. Tut mir leid, Nelle.«

»Das macht nichts, Cody.«

»Aber komisch war es schon«, fuhr er fort. »Bist du sicher, dass das Freunde von dir waren, Nelle?«

»Warum fragst du?«

»Na ja, weil es Erwachsene waren.«

»Was?«

»Weil es Erwachsene waren«, wiederholte er. »Ich weiß nicht, warum sie in deinem Büro waren, Nelle.«

»Ich auch nicht, Cody.« Ich hatte plötzlich ein ganz flaues Gefühl im Magen.

Erwachsene?

Das konnte nicht sein.

Oder?

»Hast du was Süßes, Nelle?«, fragte er. Vom Schock immer noch wie betäubt, steckte ich die Hand in meine Hosentasche. Meine Finger schlossen sich um etwas Rundes, Hartes. Ich zog es heraus.

Ein Minzbonbon.

Keine Ahnung, wie das da reingekommen war.

»Hier.«

Cody betrachtete es misstrauisch, dann streckte er

die Hand aus und pflückte es aus meiner. Seine Finger waren warm und klebrig. »Danke, Nelle«, sagte er. Es klang nicht sehr begeistert.

»Iss nicht so viele Süßigkeiten, Cody.«

Daraufhin lächelte er. »Aber die sind so lecker, Nelle. Also, bis dann.«

»Bis dann, Cody.«

Sein Kopf tauchte wieder ab. Schwer atmend lehnte ich mich gegen den Zaun. Das ergab alles keinen Sinn. Ein vermisster Teddy, rivalisierende Banden, die illegale Süßigkeiten verkauften, und nun hatte auch noch jemand mein Büro durchwühlt, nur dass es keine Kinder gewesen waren, sondern *Erwachsene*.

Wonach hatten die gesucht?

Ich hatte Angst, aber das bedeutete nicht, dass ich deswegen klein beigeben würde. Mein Dad hatte oft gesagt, ich sei ein richtiger Sturkopf, und das war nicht immer als Kompliment gemeint gewesen. Aber ich fand es gut, dass ich stur war. Ich würde diesen Fall nicht einfach aufgeben. Nicht so schnell.

Aber eins nach dem anderen. Jetzt war erst mal Zeit für ein ernsthaftes Gespräch mit Eddie de Menthe.

Zu Fuß machte ich mich auf den Weg. Es war ein heißer Tag, einer von der Sorte, an der man sich geradezu nach einem Eis sehnte, aber das kam nun mal leider nicht infrage. Drei lange Jahre war es her, seit ich das letzte Mal die Melodie eines vorbeifahrenden Eiswagens gehört hatte.

Ich wollte zu dem verlassenen Spielplatz in der Malloy Road, wo Eddie sein Hauptquartier errichtet hatte, doch so weit kam ich nicht.

Vielleicht lag es an der Hitze, vielleicht war ich immer noch wegen der Sache mit meinem Büro aufgewühlt – jedenfalls sah ich sie erst, als es zu spät war und sie praktisch direkt vor mir standen.

Kapitel 7

Nelle Faulkner?«

»Kommt drauf an«, erwiderte ich. »Wer will das wissen?«

Sie waren zu zweit: Jungs, die ich nicht kannte. Ich schätzte sie ein oder zwei Jahre älter als ich.

Der Linke sah aus, als hätte er sein ganzes Leben im Schokoladenüberfluss geschwelgt. Der Rechte dagegen schien immer artig sein Gemüse zu essen.

Der Linke betrachtete seine Fingernägel.

»Ein kleines Großmaul«, sagte er, auch wenn nicht ganz klar war, zu wem.

»Bist du die Schnüfflerin?«, erkundigte sich der Dünne. »Die Privatdetektivin?«

Sie machten mir zwar keine Angst, aber es konnte trotzdem nicht schaden, ein wenig auf der Hut zu sein.

»Was wollt ihr?«, fragte ich.

»Wir suchen Nelle Faulkner«, antwortete der Dünne.

»Die Detektivin«, ergänzte der Dicke.

»Nie gehört«, entgegnete ich.

Der Dicke nickte langsam. Es wirkte beinahe bedauernd. »Du siehst ihr allerdings ziemlich ähnlich«, meinte er.

»Wer seid ihr?«, fragte ich.

»Ich bin Ronny«, sagte der Dünne.

»Ich bin Gordon«, sagte der Dicke.

»Tja, also, hat mich *sehr* gefreut, euch beide kennenzulernen«, ich wich einen Schritt zurück, »aber ich muss dann wirklich weiter. Ich hab noch was Wichtiges vor.«

Gordon stand immer noch vor mir, während es Ronny irgendwie gelungen war, sich von hinten an mich ranzuschleichen. Ich saß in der Falle und konnte weder vor noch zurück.

»Warum so eilig?«

»Geht weg!«, schrie ich.

»Hey, hey.« Gordon hob die Hände. »Du verstehst das ganz falsch, Nelle. Wir wollten dich bloß einladen …«

»… uns zu begleiten«, ergänzte Ronny.

»Euch *wohin* begleiten?«, fragte ich.

»Zu einer Geburtstagsparty«, antwortete Gordon, als sei das vollkommen offensichtlich.

»Es gibt Eiscreme und Kuchen«, verkündete Ronny. »Und Waffeln.«

»Moment mal«, warf ich ein. »Ihr arbeitet für Waffles?«

»Der Boss will dich sehen.«

»Mal ein bisschen mit dir plaudern.«

»Gibt sogar eine offizielle Einladung«, sagte Gordon mit säuerlicher Miene. Er schob die Hand in die Tasche seines Sakkos, zog eine Karte heraus und reichte sie mir.

»Ich hab keine Karte gekriegt«, maulte Ronny enttäuscht.

Ich sah mir die Einladung genauer an. Sie war fein säuberlich von Hand geschrieben und aus dickem, cremeweißem Büttenpapier. Darauf stand:

Du bist herzlich eingeladen,
mit
Elmore McKenzie
seinen 13. Geburtstag zu feiern.

Ich freue mich auf dein Kommen!

»*Elmore?*«, fragte ich. »Waffles heißt eigentlich *Elmore?*«

»Hast du ein Problem damit?«, knurrte Gordon.

»*Elmore?* Echt jetzt?«

»Der Boss mag es nicht, wenn man sich über seinen Namen lustig macht.«

Ich wedelte mit der Einladung. »Er will ernsthaft, dass ich zu seiner *Party* komme?«

»Seiner Geburtstagsparty.«

»Wir sind schon spät dran.«

»Es gibt Kuchen«, betonte Gordon. Seine großen, feuchten Augen schienen mich regelrecht anzuflehen, mich nicht länger zu widersetzen.

»Schokoladenkuchen«, ergänzte Ronny. »Mit Streuseln und Glasur und Buttercreme und echten *Walnüssen.*«

»Ja, ja, schon gut.« Dank der beiden brummte mir langsam der Schädel.

»Also kommst du mit?«

»Ist das weit von hier?«

»Er wohnt am Sternwood Drive«, antwortete Ronny.

Ich stieß ein leises Pfeifen aus. »Oben auf dem Hügel?«

»Genau.«

Damit war mein Entschluss gefasst. Ich hatte sowieso vorgehabt, mit Waffles zu reden. Er war mir lediglich zuvorgekommen.

»Dann zeigt mir mal den Weg, Jungs«, sagte ich.

Und so ging ich in Begleitung von Waffles' Gorillas auf eine Party.

Kapitel 8

Der Sternwood Drive wand sich den Hügel hinauf wie eine entrollte Lakritzschnecke. Bei klarer Sicht konnte man von hier aus bis nach Bay City gucken. Das Meer war blau und ruhig und am Himmel über uns trieben Zuckerwattewölkchen vorbei.

Zu unseren Füßen erstreckte sich die Stadt, aber die gesamte Umgebung wurde von einem massigen Bauwerk dominiert, das den umherschweifenden Blick wie ein Magnet anzog: der Schokoladenfabrik, die einsam und stolz am Ende des Farnsworth Drive auf dem Nachbarhügel stand. Ich konnte nicht anders, als sie anzustarren, während wir zu den Toren der McKenzie-Villa hinaufstiefelten. Hier, auf dem Sternwood Drive, gab es *nur* Villen.

Die Tore zum Anwesen der McKenzies standen offen. Die Einfahrt war mit Ballons dekoriert, doch es war weit und breit niemand zu sehen. Als wir die Haustür erreichten, wurde sie prompt und geräuschlos von einem Butler geöffnet.

Ich hatte noch nie zuvor einen echten, lebendigen Butler gesehen, weswegen ich ihn mit großem Interesse betrachtete.

Er war hochgewachsen, sehr dünn und hatte eine beginnende Glatze. Als Uniform trug er eine schwarze Schirmmütze, die ein bisschen aussah wie die eines Kapitäns oder eines Polizisten, nur eleganter, ein schwarzes Sakko mit Krawatte und ein weißes Hemd. Er wirkte ausgesprochen förmlich und seine großen Augen hatten etwas Trauriges an sich.

Er bedachte uns mit einem ernsten Blick. »Ja?«

Hinter mir traten Ronny und Gordon nervös von einem Fuß auf den anderen. Ich holte meine Einladungskarte hervor und reichte sie ihm. Um ehrlich zu sein, war ich ein bisschen eingeschüchtert. Er nahm sie entgegen, überflog sie und nickte.

»Wenn die junge Dame mir bitte folgen würde?«, sagte er förmlich. »Der junge Herr entspannt am Pool.«

»Ja«, schaltete sich Ronny ein. »Geh du schon mal vor, Nelle.«

»Ja«, ergänzte Gordon. »Wir kennen den Weg. Wir kommen gleich nach.«

Der Butler ignorierte sie. Genau wie ich. Ich folgte ihm ins kühle, dunkle Innere der Villa. Der Butler glitt regelrecht über den Teppich, während ich ihm um einiges weniger elegant hinterhertrottete. Es sah aus, als würden seine Füße den Boden kaum berühren. Vielleicht lernte man das in der Butlerschule. Ich fragte mich, was für eine Art Mensch man sein musste, um Butler zu werden.

Der Flur war mit weichen Teppichen ausgelegt und an den Wänden hingen Ölgemälde altehrwürdiger McKenzies in ihrem feinsten (wenn auch inzwischen etwas altmodischen) Sonntagsstaat. Sie alle blickten finster auf mich herab, als wunderten sie sich, warum der Butler mich noch nicht rausgeworfen hatte. Ich funkelte trotzig zurück, doch sie starrten mich weiter unerbittlich nieder, bis ich den Kopf senkte und mich auf die glänzenden schwarzen Schuhe des Butlers vor mir konzentrierte.

Im Haus roch es nach Möbelpolitur und Pinien und die Teppiche waren so dick, dass man darin versinken konnte.

Gefühlte Stunden später traten wir schließlich aus dem Dämmerlicht des Hauses in den Garten. Darin befand sich ein Pool von der Größe eines kleineren Landes. Drumherum waren kunstvoll Palmen arrangiert worden, deren fransige Wedel sachte im Sommerwind wehten. Der Pool hatte einen satten Blauton, wodurch das Wasser angenehm warm und einladend erschien. Der Übergang zum Rasen war vollgestellt mit einer Reihe von Tischen, die sich unter dem vielen Essen bogen.

Alles war voller Ballons und ich konnte den Duft von Kuchen und Gebäck riechen, der mir das Wasser im Mund zusammenlaufen ließ.

Seltsamerweise waren nirgends andere Gäste zu sehen.

Inmitten der Büfetttische saß Waffles McKenzie allein auf einem Gartenstuhl und aß, passenderweise, eine Waffel. Ich betrachtete das Ungetüm vor ihm mit einer Mischung aus Faszination und Abscheu. Die Waffel war so groß wie der Teller, auf dem sie lag, so fluffig wie ein Schwamm und offensichtlich noch warm. Garniert war sie mit gerösteten, karamellisierten Mandeln, halb geschmolzenen Schokosplittern, drei Kugeln Vanilleeis und zwei dicken Klecksen Schlagsahne. Zwischen denen ergossen sich wahre Sturzbäche aus Schokosoße, die an der Seite der Waffel hinabrannen, sodass sie aussahen wie Spinnenbeine. Auf jeder Eiskugel und jedem Sahnehäubchen prangte eine leuchtend rote Süßkirsche. Waffles stach mit einem Löffel auf das Gebilde ein, der schon über und über mit Schokosoße verkleistert war. In seinen

Mundwinkeln klebte eine Mischung aus Eis und Krümeln, während der Löffel in einem gleichmäßigen Rhythmus zwischen dem Teller und seinem Mund hin- und herwanderte: leer nach unten, vollgeladen zurück nach oben. Runter und wieder hoch zu seinem Mund, der nicht einen Augenblick lang stillstand. Seine Augen waren glasig und starr auf den Teller gerichtet.

»Alles Gute zum Geburtstag, Waffles«, sagte ich.

Er vertilgte die letzte Mandel und legte dann mit einem Seufzer den Löffel weg. Sein Teller war leer geputzt.

»Für dich immer noch Mr McKenzie, Schnüfflerin.«

Ich musterte ihn eingehend. Angesichts seiner Essgewohnheiten hätte er eigentlich kugelrund sein müssen, aber das war er nicht. Er sah vollkommen normal aus, bis auf seinen Kopf vielleicht, der für seinen schmalen Körper irgendwie zu groß schien. So als ob alles, was er aß, ihm auf direktem Weg in den Kopf stieg und diesen wie einen Ballon anschwellen ließ, während der Rest von ihm unverändert blieb. Trotz der großen Hitze trug er einen förmlichen Anzug, als hätte jemand anders seine Kleidung für ihn ausgesucht. Sein schwarzes Haar war mit jeder Menge Gel zurückgekämmt.

»Wo sind denn alle?«, wollte ich wissen.

»Waffles teilt nicht gerne«, antwortete er. Er streckte die Hand nach dem nächstbesten Tisch aus, nahm sich ein Stück Sahnetorte und biss hinein.

»Aber es ist dein Geburtstag!«

»Super, oder?«, erwiderte er.

Ich sah mich noch einmal um.

Plötzlich tat er mir fast ein bisschen leid.

»Wo sind deine Eltern?«, fragte ich.

Er machte eine unbestimmte Handbewegung. »Weg. Im Urlaub. Skifahren.«

»Lass mich raten«, antwortete ich. »Waffles fährt nicht gerne Ski?«

Für den Bruchteil einer Sekunde bekam seine Fassade Risse und ich glaubte, in seinen Augen sein wahres Ich erkennen zu können.

»Sie haben mich nicht gefragt«, sagte er so leise, dass ich nicht sicher war, ob ich es mir nicht bloß eingebildet hatte.

»Das heißt, du bist ganz allein hier?«

»Mr Foxglove ist auch noch da.« Als er meinen Blick bemerkte, ergänzte er: »Der Butler.«

»Ah.«

Daraufhin kehrte Schweigen ein. Er sah aus, als fühlte er sich extrem unwohl und würde am liebsten sofort das Thema wechseln.

»Wenn du ein Kuchen wärst«, fragte er plötzlich, »was für eine Sorte wärst du?«

»Die Sorte Kuchen, die den bösen Jungs schwer im Magen liegt«, erwiderte ich und er lachte. »Was willst du, Waffles?«, erkundigte ich mich.

»Ich weiß nicht«, antwortete er. Er legte seinen Löffel weg und faltete die Hände im Schoß. Dann nahm er mich mit seinen blassblauen Augen ins Visier, ohne zu blinzeln. Seine Aufmerksamkeit war jetzt ganz auf mich gerichtet. »Du warst gestern bei meinem Kumpel Bobby, Nelle, und hast eine ganze Menge Fragen gestellt.«

»Das hatte ich eigentlich vor«, entgegnete ich. »Ich bin aber nicht sehr weit gekommen, weil jemand seinen Süßigkeitenladen überfallen und dann ausgeraubt hat.«

Ein schmerzlicher Ausdruck huschte über Waffles' Gesicht, verschwand jedoch gleich wieder. »Darum kümmern wir uns noch.«

»Ich weiß nicht so recht«, wandte ich ein. »Wie ich höre, ist Zuckerschnute Ratchet gerade auf dem aufsteigenden Ast, Waffles.«

»Du glaubst, ich werde nicht mit Mary Ratchet fertig?«, erwiderte er. »Ich kannte sie schon, da hat sie noch geheult, wenn ich ihr zu Kindergartenzeiten im Sandkasten die Spielsachen weggenommen habe.

Zerbrich dir wegen Zuckerschnute nicht den Kopf, Nelle.«

»Mach ich nicht«, sagte ich. »Aber ich glaube, dass du das sehr wohl tust. Ich denke, du hast dir da eine Suppe eingebrockt, die du nicht alleine auslöffeln kannst. Lässt du einfach so zu, dass sie dich und dein Geschäft fertigmacht?«

»Niemand macht Waffles fertig.« Er lachte. »Aber das hat nichts mit dir zu tun, Schnüfflerin. Ich wüsste viel lieber …«, er griff nach seinem Löffel und ließ den Blick über die restlichen Kuchen und Torten auf den Tischen schweifen, »… warum du bei Bobby warst und deine Nase in meine Angelegenheiten gesteckt hast.«

»Ich bin auf der Suche nach einem Teddybären«, antwortete ich.

»Du bist was?« Er wirkte aufrichtig überrascht.

»Weißt du irgendwas darüber?«

»Was soll ich mit einem Teddy? Ich bin zu alt für so was.«

»Aber sicher.«

»Ein Teddybär? Soll das ein Witz sein, Schnüfflerin?«

Er sah vollkommen perplex aus, so als hätte er nicht die geringste Ahnung, wovon ich redete. Vielleicht stimmte das ja sogar.

»Wie steht's denn so zwischen dir und Eddie de Menthe?«, versuchte ich es mit einem neuen Ansatz. »Wie ich höre, seid ihr Rivalen.«

»Eddie?« Er beäugte mich misstrauisch. »Klar sind wir Rivalen, aber mehr so auf einer freundschaftlichen Ebene. Ich habe kein Problem mit Eddie und er keins mit mir.«

»Wie funktioniert das?«, wollte ich wissen.

»Keine Ahnung. Wir hängen manchmal zusammen ab. Ist ja wohl kein Verbrechen, oder, Schnüfflerin?«

»Ich heiße Nelle«, stellte ich klar. »Beziehungsweise für dich immer noch Ms Faulkner.«

»Wie du meinst, Schnüfflerin.«

Ich seufzte.

»Du streitest also ab, dass du irgendetwas über den Teddy weißt?«

»Lass mich in Ruhe, Schnüfflerin. Ich habe es nicht nötig, irgendwelche stinkenden alten Stofftiere zu klauen. Wenn ich wollte, könnte ich ein ganzes Zimmer voll mit Teddys haben. Da kannst du jeden fragen.«

Trotzdem – er kam mir in etwa so vertrauenswürdig vor wie ein Eisverkäufer im Winter.

»War das alles, Schnüfflerin?«

Ich wusste nicht, was ich sonst noch aus ihm rausbekommen konnte. Er konnte ebenso gut lügen wie die Wahrheit sagen. Hinter mir waren leise Schritte zu vernehmen. Als ich mich umdrehte, sah ich seine Gorillas, die verlegen von einem Bein aufs andere traten.

»Kriegen wir auch etwas Kuchen, Boss?«, fragte Gordon. Sein Freund stieß ihm nervös den Ellbogen in die Rippen. Waffles' Hand landete krachend auf dem Klapptisch vor ihm. Durch die Wucht des Aufpralls flogen sein Löffel, sein Teller und die Krümel darauf in alle Richtungen davon.

»*Niemand* kriegt Kuchen!«, schrie er. Sein Gesicht war puterrot angelaufen und ihm traten förmlich die Augen aus dem Kopf. »Haut ab! *Verschwindet!* Alle drei!« Er zeigte auf mich. »Und du! Halt dich aus meinen Angelegenheiten raus! Haben wir uns *verstanden?* Ich dulde nicht, dass mir irgendwer bei meinen Geschäften in die Quere kommt! Ich dulde nicht, dass irgendjemand einfach in der Gegend rumläuft und Fragen stellt! Und am allerwenigsten dulde ich, dass alle Welt hier reinspaziert und was von *meinem* Kuchen will!«

»Ich will überhaupt nichts von deinem Kuchen«, protestierte ich.

»Verschwinde!«

Ronny und Gordon wichen langsam zurück. Ich beschloss, ihrem Beispiel zu folgen.

Waffles McKenzie schrie und schrie und schrie, bis

er sich in einen Wutanfall von biblischem Ausmaß reingesteigert hatte.

Dann erschien Mr Foxglove, der geräuschlose Butler, auf der Bildfläche und beförderte uns nach draußen, womit Waffles' Geburtstagsparty schlagartig beendet war.

Kapitel 9

Das war ja mal ’ne Party.«

»Allerdings.«

»Denkst du, von dem Kuchen bleibt noch was übrig?«

»Bestimmt. Er kann ja nicht alles alleine essen. Oder?«

»Weiß ich nicht.«

Mit finsterer Miene begleiteten die beiden mich zurück in die Stadt. Hinter uns schlossen sich die Tore geräuschlos. Ich empfand beinahe so etwas wie Mitleid mit Waffles.

»Zuckerschnute Ratchet«, sagte ich.

Gordon musterte mich argwöhnisch. »Was ist mit ihr?«

»Die steckt euch gerade ganz schön in die Tasche, Jungs«, antwortete ich.

»Ach so, das«, meinte Ronny. »Mach dir wegen der Naschkatzen mal keine Gedanken.«

»Glaubst du ernsthaft, die könnten es mit *uns* aufnehmen?«, empörte sich Gordon. »Wir sind doch keine Kindergartenkinder.«

»Genau«, pflichtete Ronny ihm bei. »Denkst du, wir hätten es so weit gebracht, weil wir nett sind?«

»Nein«, sagte ich. »Ich bin sicher, ihr seid knallhart.«

Sie funkelten mich böse an. Dabei wirkten sie in etwa so knallhart wie zwei Nougatwürfel.

»Was ist mit Eddie de Menthe?«, bohrte ich vorsichtig nach.

»Eddie de Menthe?«

»Was soll mit ihm sein?«

»Ach, nur so, ich frag bloß«, wiegelte ich ab. Eine Straßenbahn fuhr an uns vorbei. Wir hatten beinahe den Fuß des Hügels erreicht und vor uns lag eine Allee, die von Schatten spendenden Bäumen gesäumt war.

»Der ist ganz okay.«

»Ist kein schlechter Kerl.«

»Haben wir nicht sogar ein Abkommen mit ihm?«, fragte Gordon.

»Er hält sich von unserem Revier fern und wir uns von seinem.«

»Genug Süßigkeiten für alle.«

»Sicher.« Ich nickte.

»Hör zu, Schnüfflerin«, sagte Gordon. Ronny und er drehten sich zu mir um. »Der Boss will nicht, dass du in der Gegend rumläufst und Fragen stellst. Verstanden?«

»Hier ist alles schön ruhig und friedlich, kapiert?«

Ich sah die beiden nachdenklich an. Sie standen da, als hätte sie jemand ins Büro des Rektors zitiert. Trotzig, aber irgendwie auch ängstlich. Dennoch taten sie gehorsam, was man ihnen aufgetragen hatte.

»Sicher«, wiederholte ich. Ich dachte an den Jungen oben auf dem Hügel, der ganz allein auf seiner eigenen Geburtstagsparty saß. »Klar doch.«

Natürlich hatte ich nicht die Absicht, die Ermittlungen einzustellen. Allerdings musste ich ihnen das ja nicht auf die Nase binden. Mir war immer noch nicht klar, ob das alles in irgendeiner Form mit meinem Fall in Verbindung stand. Aber ein guter Detektiv stellt erst die Fragen und versucht dann herauszufinden, wie die einzelnen Teile zusammenpassen.

Plötzlich kam mir ein Gedanke: Sie waren doch zu zweit und sie standen nicht gerade auf der Seite des Gesetzes. Konnte das bedeuten …?

»Seid ihr in mein Büro eingebrochen?«, fragte ich.

»Warum sollten wir das tun?« Gordon klang beleidigt.

»Natürlich nicht«, beteuerte Ronny.

Ich musterte sie eingehend. Konnte ich ihnen glauben? Cody zufolge hatte es sich bei den Einbrechern um Erwachsene gehandelt. Und obwohl er sie nicht richtig hatte sehen können, konnte ich mir nur schwer vorstellen, dass es Ronny und Gordon gewesen waren. Nicht zuletzt, weil sie dafür ein bisschen zu kurz geraten waren.

»Damit alles klar?«, fragte Gordon.

»Sicher«, sagte ich.

»Gut«, sagte Ronny.

»Na dann, bis bald, Nelle«, meinte Gordon.

»Oder auch nicht«, ergänzte Ronny. »Wenn du verstehst, was ich meine.«

Ich sah ihnen nach, als sie sich auf den langen Rückweg hügelaufwärts machten.

In meinem Hirn wimmelte es nur so von unbeantworteten Fragen. Ich war der Lösung des Falls noch keinen Schritt näher gekommen und langsam aber sicher fing ich an, mir Sorgen zu machen. Durch den vermeintlich simplen Auftrag, einen verschwundenen Teddy zu finden, schien ich unvermittelt zwischen die Fronten eines aufziehenden Bandenkriegs um die Macht im illegalen Süßwarenhandel geraten zu sein. Wenn das so weiterging, drohte mir die Sache über den Kopf zu wachsen.

Dabei wusste ich nicht mal, ob diese Ereignisse überhaupt etwas miteinander zu tun hatten. Irgendwas daran kam mir merkwürdig vor. Und wer hatte mein Büro zerlegt? Cody hatte behauptet, es seien Erwachsene gewesen, aber das konnte nicht stimmen – Erwachsene brachen doch nicht in die Gartenhütten von Kindern ein und zerstörten alles, was sich darin befand. Oder?

Von da, wo ich stand, war es nicht weit bis zum Farnsworth Drive. Aus einem spontanen Impuls heraus machte ich mich auf den Weg dorthin. Es war schon sehr lange her, seit ich das letzte Mal dort gewesen war.

Farnsworth Schokoladenfabrik.

Ich blickte zu dem Namen hoch, der in geschwungenen schmiedeeisernen Lettern über dem Haupttor prangte. Er war so vertraut, dass ich ihn gar nicht mehr richtig wahrnahm und er mit dem Hintergrund verschmolz. So wie die stillgelegten hohen Schornsteine und die Mauern, die Eindringlinge abhalten sollten.

Es war still hier oben auf dem Hügel, rund um die verlassene Fabrik. Still und menschenleer.

Ich konnte mich noch an den Tag erinnern, als die Schokoladenfabrik geschlossen worden war. Das konnten wir alle.

An die Polizisten, die mit grimmigen Mienen auf die Fabrik zugingen. An die Arbeiter in ihren blauen Overalls, die unschlüssig herumstanden, einige von ihnen kampfeslustig, die meisten aber einfach resigniert.

Die Maschinen wurden abgeschaltet.

Die Kakaobohnen wurden auf den Müll geworfen.

Die Arbeiter wurden nach Hause geschickt.

Und dann wurden die Ketten vors Tor gehängt und verschlossen.

An diesem Tag war der Schokoladenduft aus unserer Stadt verschwunden. Ein bisschen fühlte es sich an, als hätte sie dadurch ihre Seele verloren.

Es gab Gerüchte, dass Farnsworth die Fabrik nie verlassen hatte, dass er immer noch dort lebte, ganz allein und auf sich gestellt …

Als Folge des Süßigkeitenverbots wurde bei der Polizei eine zusätzliche Abteilung eingerichtet, die ausschließlich für die Einhaltung der Prohibition zuständig war. Bald darauf war der Süßigkeitenschmuggel in vollem Gange.

Und Farnsworth wurde nie mehr gesehen.

Ich ging an den Mauern entlang, die sich rund um das Gelände erstreckten. Sie waren irgendwann mit Stacheldraht verstärkt worden, der seither vor sich hinrostete, aber immer noch so scharf und gefährlich war wie zu Beginn. Überall standen Warnschilder:

Betreten verboten – Lebensgefahr!, Privatgelände – unbefugtes Eindringen wird strafrechtlich verfolgt, Eigentum der Farnsworth Süßwaren AG – Zutritt nur nach vorheriger Genehmigung. Es gab sogar ein Schild mit der Aufschrift: Vorsicht, bissiger Hund!

Auch wenn die Fabrik keine Schokolade mehr produzierte, gehörte sie immer noch Farnsworth, und bevor er verschwand, hatte er dafür gesorgt, dass absolut niemand sein privates Königreich betreten konnte. Vielleicht hoffte er, dass er eines Tages zurückkehren und die Produktion wieder aufnehmen würde. Bis dahin durfte niemand hinein.

Die Mauern waren hoch und massiv, und es gab so gut wie keine Risse oder Vorsprünge, an denen man sich hätte hochziehen können. Und selbst wenn man es irgendwie schaffte, darüber hinwegzuklettern, ohne sich am Stacheldraht zu verletzen, stand man danach lediglich auf dem großen Vorplatz vor der eigentlichen Fabrik.

Um in die Produktionshallen zu gelangen, musste man irgendwie durch die Eingangstür kommen, und die war verriegelt und vernagelt.

Ich lief eine ganze Weile umher und suchte nach einer Öffnung, doch ich fand keine. Die Mauer erstreckte sich weit über die Hügelkuppe. Unkraut war daran entlang in die Höhe geschossen und an einer der Ecken hatte eine Ameisenkolonie einen höchst eindrucksvollen Ameisenhaufen errichtet.

Auf der Westseite der Fabrik führte die Straße aus der Stadt herauf zum Lieferanteneingang. Hier waren früher jeden Morgen die Lastwagen mit den Grundzutaten – Kakaobohnen, Zucker, Nüsse – vorgefahren und hatten das Gelände am frühen Abend randvoll mit frischen Farnsworth-Schokoriegeln wieder verlassen.

Allein beim Gedanken daran lief mir das Wasser im Mund zusammen.

Butterkaramell mit Schokowaffeln, die so hauchzart waren, dass sie einem buchstäblich auf der Zunge zergingen. Gebrannte Haselnüsse, die beim Draufbeißen knackten …

Es gab trotzdem noch Möglichkeiten, an Süßigkeiten zu kommen, das wusste ich genauso gut wie alle anderen. Ich musste einfach nur zu Bobby gehen und er würde mich mit so viel Schokolade versorgen, wie ich essen konnte. Mit den Supersoften Schoko-Schaumküssen der Gebrüder Soufflé, zum Beispiel, oder Madame Sosotris' Tropischer Versuchung … aber es wäre einfach nicht dasselbe.

Nirgends gab es so gute Schokolade wie früher bei Farnsworth.

Auf den ersten Blick schien die Straße, die von der

Stadt zur Fabrik führte, verlassen und seit Jahren unbenutzt. Auch hier war alles mit Unkraut zugewuchert, das vereinzelt sogar den Asphalt durchbrochen hatte. Doch bei genauerem Hinsehen entdeckte ich frische Reifenspuren und an einigen Stellen waren die Pflanzen platt gedrückt, als sei etwas Schweres drübergefahren. Vielleicht ein Lastwagen.

Als ich zum Seiteneingang kam, stellte ich fest, dass die Schlösser an den schweren Eisenketten vor nicht allzu langer Zeit ausgetauscht worden waren: Sie waren gut geölt und ihnen fehlte die dünne Rostschicht, die sonst alles andere an der Fabrik überdeckte.

Konnte es sein, dass jemand das Tor erst kürzlich benutzt hatte?

Aber wenn ja, warum?

Ich lief weiter bis zur Grundstücksgrenze. Dahinter kam das Meer in Sicht. Die Sonne stand hoch am Himmel und das Blau des Wassers war beinahe überwältigend.

Am Horizont waren bonbonkleine Schiffe auszumachen und zwischen den vereinzelten Baiserwölkchen am Himmel zeichneten sich die Möwen wie winzige Schokosplitter ab. Ich nahm einen tiefen Zug von der honigsüßen Luft und setzte meinen Weg dann fort.

Ich fühlte mich, als wäre ich schon seit Stunden um die Fabrik herumgelaufen. Schließlich fand ich einen

Trampelpfad, der sich um die Mauer herumwand, als wären vor mir schon andere diesen Weg gegangen. Vielleicht hatten sie ebenfalls gehofft, sich irgendwie Zutritt zu der sagenumwobenen Welt der Schokoladenfabrik verschaffen zu können.

Doch ich fand einfach keinen Weg hinein. Das Gebäude behielt seine Geheimnisse für sich und ließ keine Eindringlinge in sein Innerstes.

Widerstrebend verabschiedete ich mich von der Fabrik und machte mich, tief in Gedanken versunken, auf den Weg zurück in die Stadt.

Als ich nach Hause kam, ging ich hoch in mein Zimmer, setzte mich aufs Bett und versuchte, mir einen Reim auf alles zu machen, was ich bisher herausgefunden hatte. Eddies Teddy war vom Spielplatz gestohlen worden – so viel schien zumindest klar zu sein. Die Frage war nicht so sehr, wer der Täter war, denn das konnte im Grunde jeder sein, der sich öfter auf dem Spielplatz aufhielt. Viel entscheidender: In wessen Auftrag hatte der Dieb gehandelt? Konnte einer von Eddies Rivalen – also Waffles oder Zuckerschnute – dahinterstecken?

So weit, so gut. Aber das erklärte nicht, weshalb zwei Erwachsene in mein Büro eingebrochen waren. Sofern es sich wirklich um Erwachsene gehandelt hatte, was ich immer noch nicht recht glauben konnte. Irgendwas passte hier nicht ins Bild – und dem verschwundenen Teddy war ich auch noch keinen Schritt näher gekommen. Hier war *eindeutig* etwas Größeres im Gange. Nur was?

Bisher wusste ich nur eines mit Gewissheit: Keiner, der in irgendeiner Form mit dem Fall in Verbindung zu stehen schien, wollte, dass ich weiter meine Nase hineinsteckte.

Wer hätte gedacht, dass der Schokoladenschwarzhandel so eine ernste Sache war?

In dem Moment hörte ich, wie die Haustür ins Schloss fiel, was normalerweise bedeutete, dass meine Mom nach Hause gekommen war. Ich steckte den Kopf aus meinem Zimmer.

»Mom?«

Es kam keine Antwort, obwohl ich Schritte von unten hören konnte.

»Mom?«

Die Schritte waren so leise, als versuchte jemand, kein Geräusch zu machen.

Plötzlich hatte ich Angst.

Auf Zehenspitzen schlich ich zur Treppe. Ich blickte mich nach irgendetwas um, das ich als Waffe benutzen konnte. Einen Baseballschläger zum Beispiel oder eine Bratpfanne. Das Einzige, was ich entdeckte, war ein

Kaktus. Ich hob ihn hoch. Immerhin hatte er Stacheln.

Dann musste er eben herhalten.

Ich trat auf die oberste Stufe. Sie knarrte laut und ich erstarrte. Von unten waren Geräusche zu hören. Ich schrie laut: »Wer ist da?«

Immer noch keine Antwort. In einem Anfall nackter Panik rannte ich runter, den Kaktus wurfbereit in der erhobenen Hand. Ich hörte, wie jemand nach Luft schnappte und sah eine dunkle, verschwommene Gestalt, die durch die offene Tür nach draußen lief. Dann stolperte ich über den Teppich. Der Kaktus flog mir aus der Hand und krachte gegen die zufallende Tür, worauf ein Schauer aus dunkler Blumenerde und Keramikscherben auf den Boden herabregnete. Die Tür fiel hinter dem Einbrecher ins Schloss und ich starrte bloß stumm den Kaktus auf dem verdreckten Teppich an.

Ich war mir nicht ganz sicher, aber ich glaubte, er starrte mit einem traurigen Gesichtsausdruck zurück.

Kapitel 10

Nelle? Nelle, was ist denn *hier* passiert?«

»Mom!«, rief ich.

Meine Mutter kam zur Tür herein und sah sich entgeistert um.

»Alles in Ordnung mit dir?«, fragte sie besorgt.

»Oh, Mom«, seufzte ich. Ich brach nicht in Tränen aus, aber ich war definitiv kurz davor. Sie half mir auf und zog mich an sich. Ich vergrub mein Gesicht an ihrer Schulter und sog ihre Wärme und ihren Duft nach Parfüm und einem Hauch Schweiß auf. »Ich hab dich lieb, Mom.«

»Ich dich auch, Mausezahn«, sagte sie und ich lächelte. So hatte sie mich als Baby immer genannt. Jetzt benutzte sie den Namen nur noch, wenn ich dringenden Kuschelbedarf hatte. »Hast du jemanden aus dem Haus rennen sehen?«, fragte ich.

»Nein«, antwortete sie. »War etwa jemand …?« Sie hielt mich auf Armeslänge von sich weg und sah mir ins Gesicht. »Ist dir was …?«

»Es geht mir gut«, versicherte ich.

»Oh, Nelle!« Sie zog mich wieder an sich und umarmte mich noch fester. »Wir sollten wohl besser die Polizei rufen«, meinte Mom.

»Warte.« Ich hatte etwas aus dem Augenwinkel entdeckt. Ich zeigte darauf. »Was ist das? Hast du das gerade mitgebracht?«

Meine Mom musterte mich verwirrt. »Ich habe nicht die leiseste Ahnung, wovon du redest, Süße.«

Neben der Tür stand eine kleine, rechteckige Kiste. Sie sah ein bisschen aus wie eine Hutschachtel und war mit einer schwarzen Satinschleife zugebunden.

Mich beschlich ein ungutes Gefühl.

»Von mir ist die auch nicht«, sagte ich leise. Meine Mom griff nach dem Telefon, doch ich hielt sie zurück. »Warte.« Ich ging auf die Kiste zu und stieß sie vorsichtig mit dem Fuß an. Drinnen bewegte sich nichts. Trotzdem konnten immer noch Schlangen drin sein, dachte ich. Oder eine Giftspinne. Oder eine Bärenfalle.

»Eine Bärenfalle?«, fragte meine Mutter. »Was redest du denn da, Nelle?«

»Schon gut«, brummte ich. Offenbar hatte ich mal

wieder laut gedacht. Ich zog die schwarze Schleife auf und öffnete ganz vorsichtig die Schachtel.

Und dann fiel mir fast die Kinnlade runter.

»Das ist ja seltsam«, sagte meine Mutter.

In der Schachtel lag ein alter Teddybär.

Ich nahm ihn heraus und hielt ihn ans Licht. Es war ein abgewetzter alter Teddy mit braunem Fell, das ein paar Mal zu oft gewaschen worden war, weswegen es inzwischen eher schmutzig grau wirkte. Sein linkes Auge fehlte und er hatte ein zugenähtes Loch in der Brust, das ein bisschen wie eine Schusswunde aussah. Außerdem fehlte ihm ein Stück von seinem rechten Ohr. Er hatte eine süße schwarze Knopfnase.

Und ein Originaletikett, das so verblichen war, dass man die Aufschrift nicht mehr lesen konnte. Aber ich wusste, wenn ich es hätte lesen können, würde dort »Farnsworth« stehen.

Es war Eddie de Menthes verschwundener Teddybär.

»Jemand ist hier eingebrochen«, fasste meine Mutter ungläubig zusammen, »um einen Teddybären abzulegen? Nelle, was geht hier vor? Gibt es da etwas, das ich wissen sollte?«

»Ich weiß es nicht, Mom«, antwortete ich wahrheitsgemäß. Ich drehte den Bären in meinen Händen hin und her. Er war alt, sah aber immer noch kuschelig aus. »Er heißt Teddy«, ergänzte ich.

»Wie originell.«

»Ich räume ihn besser mal weg«, sagte ich.

»Nelle …«

»Ist schon gut, Mom. Ehrlich. Das ist bloß … das hängt mit einem Fall zusammen, an dem ich arbeite.«

»Du bist keine Privatdetektivin, Nelle! Kein normaler Mensch macht so was! Nur Leute in billigen Groschenromanen oder im Film!«

Sie klang vor allem besorgt, aber es tat trotzdem weh, das aus ihrem Mund zu hören.

Offenbar war mir das anzusehen, denn ihr Ausdruck wurde sanfter. »Tut mir leid, Süße. Aber das hier ist kein Spiel, das ist was Ernstes. Jemand ist bei uns eingebrochen! Ich rufe jetzt die Polizei.«

»Ja, kann ich verstehen.« Ich umarmte sie noch einmal schnell, dann nahm ich den Teddy und ging ohne ein weiteres Wort mit ihm nach oben in mein Zimmer, wo ich ihn neben Del Bär aufs Bett setzte. Sie wirkte nicht gerade begeistert, sagte aber nichts.

»Pass ein bisschen auf Teddy auf, ja?«, bat ich sie.

Nach einer Weile ging ich zurück ins Wohnzimmer. Meine Mom hatte in der Zwischenzeit den Dreck und die Scherben weggeräumt und den Kaktus umgetopft. Kakteen waren hart im Nehmen. Wie Privatdetektive steckten sie Schläge klaglos weg und machten unbeirrt weiter. Meine Mom war in ihre bequeme Jogginghose geschlüpft, saß nun auf dem Sofa und sah fern. Sie wirkte müde, doch als sie mich erblickte, lächelte sie.

Ich beschloss, ihr von meinen Ermittlungen zu berichten, von Waffles und dem Spielplatz, von den Süßigkeiten und dem vermissten Teddy, von Zuckerschnute Ratchet und der Schokoladenfabrik … und vielleicht hatte ich auch schon damit angefangen, denn meine Mutter sagte gerade: »Langsam, Nelle, ich verstehe kein Wort«, als es an der Tür klopfte.

»Das ist bestimmt die Polizei«, meinte Mom. Sie wirkte erleichtert. Ich folgte ihr zur Tür und sie machte auf.

Sie waren zu zweit, ein Mann und eine Frau. Der Mann war stämmig und unrasiert, hatte auf dem Kopf eine kahle Stelle und sein Hemd war mindestens eine Nummer zu klein. Er trug einen schlecht sitzenden Anzug zur schlecht geschnittenen Frisur und seine Miene sah aus, als sei ihm die miese Laune im Gesicht festgewachsen. Die Frau war das genaue Gegenteil. Sie trug einen Anzug aus frisch gestärktem Leinen, einen Bob, dem man den teuren Friseur anmerkte, und trotz der späten Stunde eine dunkle Sonnenbrille mit verspiegelten Gläsern. Sie war groß und schlank und hatte ein Lächeln aufgesetzt, das an einen Hai erinnerte, der gerade einen menschlichen Happen ahnungslos auf sich zuschwimmen sah.

»Ich bin ja so froh, dass Sie da sind«, sagte Mom. »Und das, obwohl ich den Einbruch gerade eben erst gemeldet habe.«

Die beiden wechselten einen Blick.

»Was für einen Einbruch?«, fragte der Mann.

»Wurde irgendetwas gestohlen?«, erkundigte sich die Frau.

»Nein, nein, ich glaube nicht«, antwortete meine Mutter.

Die Frau zuckte bloß mit den Schultern. »Dann ist das nicht unser Problem«, verkündete sie. Das wiederum kam bei meiner Mom gar nicht gut an.

»Wer sind Sie dann, bitte?«, fragte sie. »Und was wollen Sie hier?«

»Ich bin Detective Tidbeck, Ma'am«, stellte sich die Frau vor. »Und das ist Webber. Dürfen wir reinkommen?«

Tidbeck machte Anstalten, das Haus zu betreten, doch Mom rührte sich nicht von der Stelle. »Worum geht es?«, wollte sie wissen.

Jetzt erwachte Webber zum Leben – wie eine mechanische Puppe, bei der jemand auf den Startknopf gedrückt hat. Man konnte beinahe seine Gelenke quietschen hören. Seine Stimme klang wie ein stotternder Automotor.

»Wir sind von der Abteilung für Vermisstenfälle«,

erklärte er. »Wir suchen einen …« Umständlich zog er ein kleines Notizbüchlein aus seiner Jackentasche und warf einen Blick hinein. »Einen gewissen Edward, auch bekannt als Eddie, de Menthe. Zwölfeinhalb Jahre alt. Er wird vermisst.«

»Er wohnt bei seiner Großmutter am Falcon Drive, aber sie hat ihn seit drei Tagen nicht mehr gesehen«, ergänzte Tidbeck. »Sie macht sich große Sorgen.«

Ihr Tonfall war in etwa so warm wie ein Schneesturm. Unwillkürlich musste ich an meterhohe Schneeverwehungen denken und daran, wie es sich anfühlte, ihnen ohne Mantel ausgesetzt zu sein.

»Eddie?«, wiederholte meine Mutter. »Was ist mit ihm?«

»Das wissen wir nicht, Ma'am.«

»Der arme Junge«, seufzte Mom. »Hast du das gehört, Nelle? Du erinnerst dich doch noch an Eddie, oder? Ihr habt früher immer zusammen gespielt.«

»Kann mich nicht erinnern«, nuschelte ich leise. Es klang ziemlich eingeschüchtert. Wie auf Kommando wandten sich beide Polizisten mir zu, als würden sie mich jetzt erst bemerken.

»Du bist …«, wieder zog Webber sein Notizbuch zurate, »Nelle?«

»Ja.«

»Wie uns zu Ohren gekommen ist, hat Eddie dir

einen Besuch abgestattet?« Ein erneuter Blick ins Notizbuch. »Vor zwei Tagen? So gegen Mittag?«

»Wer hat Ihnen das erzählt?«

Sie ignorierten meine Frage. Tidbeck hob ihre verspiegelte Sonnenbrille. Die Augen, die dahinter zum Vorschein kamen, sahen aus wie kalte blaue Murmeln. »Stimmt das, Nelle?«

Meine Mom sah mich voller Sorge an. »Stimmt das, Nelle?«, fragte sie leise.

»Ja«, gestand ich. »Aber es war nichts …«

»Was wollte er?«

»Nichts Besonderes«, beteuerte ich. »Wirklich.«

»Wie ich höre, spielst du gerne Detektiv«, sagte Tidbeck. Das kam unerwartet. Webber lachte, was klang, als würde eine Geröllawine herunterpoltern. Sein gewaltiger Bauch wackelte.

Tidbeck setzte ein Lächeln auf, das vermutlich warmherzig wirken sollte. Es sah aus, als würde eine Schaufensterpuppe Gesichtslockerungsübungen machen.

»*Stimmt* das?«, fragte sie. »Das ist ja *süß!*«

»Hast du denn auch eine *Lizenz?*«, erkundigte sich Webber. Sein Bauch wackelte immer noch. Ich wurde feuerrot vor Wut.

»Machen Sie sich bitte nicht über meine Tochter lustig«, sagte meine Mom und ich hätte sie dafür umarmen können. Sie durchbohrte die Polizisten mit einem finsteren Blick.

»Nelle«, fragte sie, »war Eddie hier bei dir?«

»Ja«, antwortete ich wahrheitsgemäß. Wenn sie so drauf war, war es zwecklos, ihren Fragen ausweichen zu wollen.

»Was wollte er?«

»Er war auf der Suche nach etwas«, sagte ich. »Etwas, das er verloren hatte.«

Eigentlich war es ja kein großes Geheimnis, aber irgendetwas an den Polizisten gefiel mir nicht. Deshalb zögerte ich, ihnen die ganze Wahrheit zu sagen.

Mit einem Schlag war das Lächeln aus ihren Mienen verschwunden, so als wäre es bloß eine Maske gewesen, die sie nach Belieben auf- und absetzen konnten.

Stattdessen war da plötzlich etwas Hungriges in ihrem Blick und das machte mir Angst.

»Was war es, Nelle?«, hakte Detective Tidbeck nach. »Wonach hat Eddie de Menthe gesucht?«

»Antworte ihnen, Nelle«, verlangte Mom, ohne die Augen von Tidbeck und Webber abzuwenden.

»Seinen Teddybären«, sagte ich. Ich erkannte keinen Grund, es ihnen nicht zu verraten.

»*Seinen* Teddybären?«, fragte Detective Webber.

»Seinen *Teddy*bären?«, meinte Detective Tidbeck.

Meine Mom wirkte überrascht. Ein Lächeln breitete sich auf ihrem Gesicht aus, das jedoch gleich wieder erlosch, als sie sah, wie ernst die beiden Polizisten die Neuigkeit aufnahmen. Sie starrten mich an, als sei ich ein zart schmelzender Schokoriegel.

»Und hast du ihn *gefunden*, Nelle?«

»Hat er dir gesagt, wo er *war*, Nelle?«

»Worum geht es hier wirklich?«, mischte sich meine Mom ein. »Weshalb interessieren Sie sich so sehr für einen Teddy? Und warum verhören Sie meine Tochter?«

»Das hier ist sehr wichtig«, beharrte Detective Webber. »Was hat er dir erzählt, Nelle?«

»Nichts«, erwiderte ich. »Er hat mir gar nichts erzählt. Wird er wirklich vermisst? Was ist mit ihm passiert?«

Erneut wechselten Webber und Tidbeck einen Blick. Tidbeck setzte die verspiegelte Sonnenbrille wieder auf. Ich konnte mich darin sehen, klein wie eine Fliege.

»Genau das versuchen wir gerade herauszufinden … Miss Faulkner. Hier, meine Karte.« Tidbeck streckte mir eine Visitenkarte hin, auf der ihr Name und eine Telefonnummer standen. »Ruf mich an, wenn du irgendetwas hörst. Wir machen uns alle *sehr* große Sorgen um den armen Eddie.«

»Und stell dir erst mal seine Großmutter vor«, ergänzte Webber. »Welche Ängste sie ausstehen muss.«

»Egal ob Tag oder Nacht«, betonte Tidbeck. »Melde dich, ja?«

»Sicher«, sagte ich und steckte die Karte ein. »Aber ich weiß wirklich nicht, wo er ist.«

»Halten Sie die Augen offen«, sagte Webber. »Ma'am. Kleines Mädchen.«

»Nelle«, korrigierte ich. »Mein Name ist Nelle.«

Er kniff die Augen zusammen. Ein kleines bisschen nur, sodass man es kaum sah. »Ich werde es mir merken«, erwiderte er. »Tidbeck?«

»Gehen wir.« Sie nickte uns zu, dann machten sie auf dem Absatz kehrt und marschierten davon, ohne sich noch einmal umzudrehen. Ich blickte ihnen nach.

Sie stiegen in ihr schwarzes Auto und fuhren los.

Kapitel 11

Am darauffolgenden Morgen wachte ich abrupt auf. In der einen Sekunde schlummerte ich noch friedlich vor mich hin, in der nächsten war ich hellwach. Ich lag auf dem Rücken und starrte an die Decke, während das Morgenlicht Muster an die Wände zauberte.

Mir ging der Fall nicht aus dem Kopf. Worauf hatte ich mich da nur eingelassen? Als ich so darüber nachdachte, fiel mir plötzlich ein, dass ich das Auto der Polizisten vorher schon zweimal gesehen hatte. Daraus schloss ich, dass sie mir entweder folgten oder selbst irgendwie in Eddies und Waffles' illegalen Schokoladenhandel verwickelt waren. Warum sonst tauchten sie immer wieder auf?

Was genau *bedeutete* das alles?

Im Bett war es sicher. Sicher und warm. Ich wollte

nicht aufstehen. Denn das hieß, dass ich mich der Welt dort draußen stellen musste, und die war alles andere als nett und gemütlich. Ich hatte keine Ahnung, was mich erwartete, wenn ich mein Zimmer verließ und da rausging.

Eddie steckte in Schwierigkeiten, so viel war klar. Und er hatte niemanden, der ihm half.

Doch, Moment: Er war zu mir gekommen und hatte mich um Hilfe gebeten.

Ich *musste* ihm also helfen.

Das hieß, dass ich ihn erst mal *finden* musste.

Ich hatte nur einen Hinweis: den vermissten Teddybären.

Und zwar haargenau den vermissten Teddy, der gerade am Fußende meines Bettes saß.

Nachdem die beiden Polizisten am Abend gegangen waren, hatte meine Mutter verlangt, dass ich ihr erklärte, was los war. Das war gar nicht so einfach gewesen, weil ich es ja selbst nicht genau wusste. Schließlich durfte ich zurück auf mein Zimmer, wo ich als Allererstes den verschlissenen alten Teddybären vom Bett nahm und untersuchte.

Ich fragte mich, ob sich in seinem Inneren vielleicht irgendein Hinweis verbarg, aber als ich seinen Bauch und seinen Kopf abtastete, fühlte ich nichts als die weiche Füllung. Aufschneiden wollte ich ihn nicht. Er sah aus, als hätte er in seinem Leben auch so schon einiges durchgemacht.

»Farnsworth« hatte früher einmal auf dem alten, verblichenen Etikett gestanden.

Warum Farnsworth? Was hatte *er* mit der ganzen Sache zu tun?

Irgendetwas war da. Ich wusste nur noch nicht, was.

Ich starrte weiter an die Decke. Der Duft von frisch gebrutzelten Armen Rittern stieg mir in die Nase. Es stimmte schon: Im Bett war es gemütlich, warm und sicher, aber man konnte auch nicht ewig drin liegen bleiben.

Also stand ich auf, zog mich an, putzte mir schnell die Zähne und ging nach unten, um mit meiner Mom zu frühstücken. Ich trank eine halbe Tasse Milch, dann gab ich ihr einen Kuss, verabschiedete mich und tat das, was jeder gute Detektiv tut, wenn er keine neuen Hinweise findet: Ich ging schnurstracks in die Bibliothek.

Draußen war es genauso heiß wie die letzten Tage auch schon: heiß genug, dass einem die Schokolade geschmolzen wäre, wenn man welche hätte kaufen können. Mein Weg führte am Spielplatz in der Malloy Road vorbei. Trotz der vergleichsweise frühen Stunde standen die Wachen bereits auf ihrem Posten vor der

Tür im Zaun und die ersten Kinder kamen angelaufen, um ihr sauer verdientes Taschengeld auszugeben.

Auf der anderen Straßenseite, im Schatten der Bäume, entdeckte ich ein schwarzes Auto, das ich inzwischen allzu gut kannte. Auch ohne einen Blick hineinzuwerfen, wusste ich, dass Tidbeck und Webber in dem Wagen saßen.

Ich beschloss, den längeren Weg außen um die Schule herum zu nehmen, damit die beiden mich nicht sahen. Wahrscheinlich beobachteten sie den Spielplatz, in der Hoffnung, dass Eddie dort auftauchen würde. Aber was führten sie wirklich im Schilde? Warum suchten sie Eddie und warum hatten sie nach dem Teddy gefragt? Waren sie überhaupt Polizisten oder behaupteten sie das nur?

Ein paar Straßen weiter, in der Mandarin Road, kam ich an einer Telefonzelle vorbei. Ich ging hinein und rief bei der Polizei an.

»Kann ich bitte mit Detective Tidbeck von der Abteilung für Vermisstenfälle sprechen?«, bat ich.

»Einen Moment bitte, da muss ich verbinden.« Nach einer kurzen Zeit in der Warteschleife ertönte wieder das vertraute Tuten, das besagte, dass es am anderen Ende der Leitung klingelte. Schließlich meldete sich eine Frauenstimme. »Polizei, wie kann ich Ihnen helfen?«

»Oh, hallo«, sagte ich. »Ich würde gerne mit Detective Tidbeck von der Abteilung für Vermisstenfälle sprechen.«

»Detective Tidbeck? Ich fürchte, da liegt ein Irrtum vor. Detective Tidbeck arbeitet bei der Prohibitionsbehörde und die sind direkt dem Bürgermeister unterstellt.«

»Sie arbeitet für die *Prohibitionsbehörde?*«, fragte ich.

Die Stimme seufzte. »Ja, die Abteilung für Verbotene Süßigkeiten«, bestätigte sie. Es klang alles andere als begeistert.

»Und ihr Partner? Webber?«

Die Stimme blieb einen Moment lang stumm. »Wer ist denn da?«, fragte sie schließlich.

»Das möchte ich lieber nicht sagen.«

»Steckst du vielleicht in Schwierigkeiten, Kleine?«

»Das weiß ich nicht«, antwortete ich wahrheitsgemäß.

»Es geht mich zwar nichts an«, meinte die Stimme, »aber ich würde dir empfehlen, dich von den beiden fernzuhalten.«

»Kann sein, dass es dafür schon zu spät ist.«

»Mein Name ist Levene«, sagte die Stimme. »Detective Suzie Levene. Wenn du über irgendetwas reden möchtest, ruf mich an. Oder sag mir einfach, wo du bist, und ich …«

»Ich muss los«, unterbrach ich sie. »Danke.« Ich legte auf und starrte den Hörer an. Einen Augenblick später klingelte das Telefon und erschreckte mich fast zu Tode. Ich zögerte kurz, dann nahm ich ab.

»Hallo?«

»Levene noch mal. Hör zu, Kleine, ich möchte dir wirklich helfen …«

Ich legte wieder auf. Diesmal blieb ich nicht stehen. Als ich die Telefonzelle verließ, begann der Apparat erneut zu klingeln. Ich hörte, wie das Geräusch hinter mir leiser und leiser wurde, während ich mich schnellen Schrittes entfernte. Mein Misstrauen gegenüber Tidbeck und Webber war also begründet gewesen. Aber woher sollte ich wissen, dass Detective Levene besser war? Ich konnte niemandem vertrauen – jedenfalls keinem Erwachsenen. Ich war auf mich allein gestellt …

Tidbeck und Webber steckten in der ganzen Nummer offensichtlich irgendwie mit drin. Plötzlich fielen mir die beiden dunklen Gestalten wieder ein, die Cody beschrieben hatte. Die, die in mein Büro eingebrochen waren. Eigentlich saß der Gedanke schon seit gestern Abend in meinem Hinterkopf – ich hatte bloß versucht, ihn zu verdrängen.

Ohne Erfolg.

Erwachsene, hatte Cody gesagt. Ich stellte mir vor,

wie Tidbeck und Webber in unseren Garten schlichen und geräuschlos mein gesamtes Büro auseinandernahmen. Weshalb? Was suchten sie?

Den Teddy.

Trotz der Sommerhitze war mir plötzlich eiskalt.

Kapitel 12

Die Bibliothek befand sich in einem hübschen einstöckigen Gebäude mit einer Fassade aus weißem Stein, an der sich Efeu emporrankte. Ich stieg die paar Stufen zum Eingang hinauf und trat ein.

Innen war es hell und aufgeräumt. Ich lief an den Regalen mit den Kinderbüchern und Kriminalromanen vorbei nach hinten in den Lesesaal. Dort war es dunkler und ruhiger, und bis auf zwei ältere Herrschaften, die dort friedlich ihre Morgenzeitung lasen, war niemand da.

Ich ging zur Bibliothekarin und sie half mir, das zu finden, wonach ich suchte.

Das ist eine hilfreiche Regel für alle Detektive: Wenn du nicht weiterweißt, frag die Bibliothekarin.

In meinem Fall schickte sie mich in die Regionalabteilung, wo meine Suche nach den Farnsworths begann. Zwischen all den Büchern über Filmstars, die hier aus der Stadt kamen, ungeklärte Mordfälle, Spukhäuser, Milchproduktion, die Geografie der Umgebung und Piraten gab es tatsächlich einen eigenen Abschnitt über die Farnsworths und ihre Schokoladenfabrik. Ich nahm einen Armvoll Bücher aus dem Regal, ging damit zu einem Platz am Fenster, setzte mich mit dem Rücken zur Wand und begann zu lesen.

Die Informationen, die ich fand, waren überraschend dünn. Die Farnsworths lebten seit drei Generationen in der Stadt. Der erste von ihnen war der alte General Farnsworth gewesen, der sich nach seiner Karriere beim Militär hier niedergelassen und die Farnsworth Süßwaren AG gegründet hatte, anfangs nur mit bescheidenem Erfolg. Sein Sohn hatte das Geschäft ausgebaut, war jedoch keine fünf Jahre nach der Geburt seines eigenen Sohnes bei einem tragischen schokoladenbasierten Unfall ums Leben gekommen.

In einem der Bücher war ein Foto von der Beerdigung abgedruckt. Alle damaligen Würdenträger und Berühmtheiten waren erschienen: der Bürgermeister, zwei Filmstars und ein für den Oscar nominierter Regisseur, die Botschafter Brasiliens, Perus und der Elfenbeinküste, eine im Exil lebende rumänische Prinzessin mit einem schwarzen Schleier vor dem Gesicht, ein ehemaliger Vizepräsident, der Eigentümer des örtlichen Baseballteams, der Dirigent der Nationalphilharmonie, zwei Generäle, drei schwerreiche Industrielle, ein weltberühmter Dramatiker und ein weniger bekanntes Mitglied der britischen Königsfamilie, dessen Mantel und Hut selbst auf dem alten Foto ausgesprochen teuer aussahen.

Auch die Vorstände der anderen Schokoladenfabriken waren anwesend: Madame Sosotris, die Gebrüder Soufflé, Benny Bonbon, Edmonton St. Nougat und Borschtsch.

Sie posierten gemeinsam für die Kamera, auch wenn ihren Mienen anzumerken war, dass sie alle lieber woanders gewesen wären. Für mich war es das erste Mal, dass ich ihre Gesichter sah. Ich betrachtete das alte Foto ausgiebig und mit großem Interesse.

Madame Sosotris war eine große, dünne Frau mit einem breitkrempigen Hut und markanten Zähnen, die stark an ein Pferdegebiss erinnerten. Die Soufflé-Brüder waren beide klein und dick: Der eine war vollkommen kahl, der andere hatte üppiges schwarzes Haar. Borschtsch verzog mürrisch das Gesicht – er sah aus wie ein schlechtgelaunter Mathelehrer –, und Benny Bonbon wirkte einfach nur gelangweilt. Edmonton St. Nougat trug einen dunklen Anzug mit Zylinder und seine langen, dünnen Finger steckten in weißen Handschuhen.

Der Junge – der heutige Farnsworth – stand mit dem Rücken zur Kamera. Inzwischen war er ein erwachsener Mann, aber damals war er bloß ein kleines Kind gewesen. Er trug einen feierlichen dunklen Anzug, der für seinen kleinen Körper maßgeschneidert worden war, und hielt sich an der Hand seiner Mutter fest. Das war also die Witwe Farnsworth, die damals das Familienunternehmen übernommen und unter eiserner Führung zu einem weltweiten Imperium ausgebaut hatte.

Doch mein Blick glitt zurück zu dem Jungen. Sein feines Haar war straff zurückgekämmt worden und er hielt die Hand seiner Mutter fest umklammert, als der Sarg in die Erde hinabgelassen wurde. Es war ein Schwarz-Weiß-Foto, auf dem der Himmel grau wirkte, der Boden staubig und die versammelten Ehrengäste für alle Zeit erstarrt schienen. Sie ragten turmhoch über ihm auf.

Er tat mir unglaublich leid. Ich wusste genau, wie er sich fühlte.

Er war so klein und so allein.

Wobei – das stimmte nicht ganz. Ich schaute noch einmal genauer hin und da entdeckte ich es: Mit der einen Hand hielt er die Hand seiner Mutter fest, mit der anderen seinen Freund. Der hatte noch beide Augen, seine Ohren waren heil und sein Pelz war neu und glänzend, aber ich erkannte ihn trotzdem. Es war Teddy.

Ich betrachtete das Bild von dem kleinen Jungen und seinem Teddybären noch einen Moment, dann blätterte ich schnell weiter. Wie war Eddie in den Besitz von Farnsworths altem Teddy gekommen und warum suchten jetzt, so viele Jahre später, plötzlich alle danach? Das wollte – nein, *musste* – ich unbedingt herausfinden!

Der Rest des Buches blieb frustrierend vage. Der junge Farnsworth wurde größer. Er ging aufs College. Dann meldete er sich zur Luftwaffe, wurde im Kampf verwundet, für seine Tapferkeit ausgezeichnet und ehrenhaft aus dem Dienst entlassen. Nach dem Tod seiner Mutter übernahm er die Leitung der Farnsworth Süßwaren AG und schien diese Aufgabe mit großer Leidenschaft erfüllt zu haben. Der Einfluss der Firma wurde sogar noch größer und die Schokoriegel, Bonbons und sonstigen Süßigkeiten aus dem Hause Farnsworth wurden in der ganzen Welt verkauft, von Chicago bis Timbuktu. Die Fabrik wurde zum größten Arbeitgeber der Stadt.

Und das war es dann auch.

Ich beschloss, mir als Nächstes das Zeitungsarchiv

vorzunehmen. Die Bibliothekarin half mir mit dem Mikrofiche-Lesegerät und so überflog ich seitenweise alte Zeitungen.

Obwohl die Fabrik und auch die Farnsworth Süßwaren AG oft erwähnt wurden, konnte ich keine weiteren Fotos von Farnsworth selbst finden. Allem Anschein nach hatte er große Anstrengungen unternommen, um sicherzustellen, dass er niemals fotografiert wurde.

Dann war Thornton Bürgermeister geworden und hatte die Fabrik schließen lassen. Farnsworth war einfach verschwunden. Niemand wusste, wo er war oder was er jetzt machte.

Er hatte das Einzige verloren, was ihm wirklich wichtig war, sein Lebenswerk: die Schokoladenfabrik.

Das war so unfair!

Nichts davon half mir jedoch herauszufinden, wo Eddie de Menthe sich aufhielt, warum Tidbeck und Webber hinter ihm her waren und warum der Farnsworth-Teddy sich nun in meinem Zimmer versteckte.

Ich rieb mir die Augen. Sie brannten vom vielen Lesen und ich brauchte dringend frische Luft.

Auf dem Weg nach draußen sah ich, wie die Bibliothekarin heimlich eine Schublade an ihrem Schreibtisch aufzog, ein Stück Schokolade herausholte und es sich schnell in den Mund steckte. Offenbar fühlte sie sich unbeobachtet. Als sie meinen Blick auffing, machte sie die Schublade hastig wieder zu und tat so, als würde sie eine Karteikarte ausfüllen.

Ich trat durch die Tür nach draußen – und stieß mit Zuckerschnute Ratchet zusammen.

Kapitel 13

Pass auf, wo du hinläufst, Nelle.«

»Ist das nicht die Schnüfflerin?«

Sie hatte zwei ihrer Gefolgsleute bei sich, Daisy und Rosie, die sich nun links und rechts von mir aufstellten und anfingen, mich spielerisch zwischen sich hin- und herzuschubsen.

»Hört auf damit«, sagte ich wütend.

»Hört auf damit«, äffte Daisy mich lachend nach.

»Lass das!«

»Zwing mich doch!«, spottete sie.

»Oh, guckt mal, jetzt *heult* sie gleich«, höhnte Rosie. Zuckerschnute beobachtete das Geschehen mit einem geduldigen Lächeln, während die beiden mich weiter umherschubsten, als sei ich ihr neues Lieblingsspielzeug.

»Was willst du hier, Nelle?«, fragte Zuckerschnute.

»Ich hab ein Buch zurückgebracht«, antwortete ich. »Das hier ist eine *Bibliothek*, Mary.«

»Machst du mal wieder einen auf Klugscheißer, Nelle? Das hier ist *mein* Revier. Hat Waffles dich geschickt? Spionierst du mir nach?«

»Warum sollte Waffles mich schicken?«

»Vielleicht will er ja seine Süßigkeiten zurück!« Sie lachte schallend.

»Was auch immer zwischen euch abläuft, geht mich nichts an«, stellte ich klar.

»Es sei denn, du arbeitest jetzt für ihn«, knurrte sie. »Wie ich höre, warst du bei ihm zu Hause.«

»Das wiederum geht *dich* nichts an, Zuckerschnute.«

»Und genau da irrst du dich, Nelle. Wenn es mein Geschäft betrifft, geht es mich *sehr wohl* etwas an!«

Als die beiden mich das nächste Mal schubsten, tat ich, als würde ich stolpern. Dadurch kam ich in die Reichweite von Rosies Beinen. Ich versetzte ihr einen kräftigen Stoß, wodurch sie das Gleichgewicht verlor und hinfiel.

Ich war bereits losgelaufen. Mit einem Satz sprang ich über Rosie hinweg und rannte davon, während sie dalag und heulte.

»Halt dich von meiner Bibliothek fern, Nelle!«, rief Zuckerschnute mir rasend vor Wut nach. »Bleib aus meinem Revier draußen, sonst mach ich dich fertig!«

Ich rannte so schnell, dass es sich anfühlte, als würde mir das Herz jeden Moment aus dem Brustkorb springen. Mein Hals tat weh und alles, was ich hörte, war das Rauschen von Blut in meinen Ohren. Erst als ich mir sicher war, dass mir niemand folgte, wurde ich langsamer.

Zuckerschnute betrieb ihren illegalen Süßigkeitenhandel also in der Stadtbibliothek, einem öffentlichen Gebäude. Eine erschreckende Vorstellung, die mich richtig wütend machte.

Aber eigentlich lag es auf der Hand: Das war der perfekte Standort.

Die Kinder gingen dort ein und aus, ohne dass irgendwer Verdacht schöpfte. Ein einfaches »Mom, ich gehe in die Bibliothek!« reichte und sie konnten sich in aller Ruhe in einem stillen Winkel des Lesesaals mit einer Naschkatze treffen und sich etwas zu naschen besorgen.

Die geschmuggelten Süßigkeiten waren einfach überall.

Aber immerhin wusste ich jetzt, dass der alte Teddy tatsächlich Farnsworth gehört hatte, und das gab meinen Ermittlungen eine neue Richtung. In meinem Kopf entstand ein Plan.

Ich lief zurück nach Hause, um mein Fahrrad zu holen. Es musste immer noch repariert werden, nachdem die Naschkatzen vor Bobbys Laden darauf eingetreten hatten.

Vorher ging ich schnell ins Haus und machte mir etwas zum Mittagessen. Als ich in mein Zimmer kam, blickte mir der Teddy mit seinem verbliebenen Glasauge entgegen. Er wirkte einsam und traurig, als würde er seinen Besitzer vermissen. Ich legte ihn vorsichtig in meine Schultasche. Da drin hatte er es warm und gemütlich. Es gab einen Ort, wo ich ihn mit hinnehmen konnte, um Antworten zu finden, aber dafür musste ich erst mal mein Fahrrad reparieren. Ich aß schnell auf, schnappte mir meine Tasche mit dem Teddy darin und schob mein Fahrrad auf die Straße, die von Mal zu Mal unsicherer wurde.

Ich mied den Spielplatz und die Bibliothek. Die Fahrradwerkstatt lag in der Lennox Avenue, oben am Hang. Von der Bucht wehte eine leichte Brise heran, die ein wenig Abkühlung und den Geschmack von Meersalz brachte.

Nachdem ich das Fahrrad den ganzen Weg bergauf geschoben hatte, war mir heiß und die Riemen meiner Tasche zogen schmerzhaft an meinen Schultern. Erleichtert rettete ich mich in den Schatten vor dem Eingang.

Ein Glöckchen klingelte, als ich eintrat. Im Laden roch es auf angenehme Weise nach Kleber und Öl.

Miss Redfearn, die Fahrradmechanikerin, saß in ihrem fleckigen Arbeitsoverall auf einem Hocker und zog die Schrauben an einem Pedal fest.

»Hallo, Miss Redfearn.«

»Hallo, Nelle. Gib mir einen Moment, ich bin gleich da.«

Ich sah ihr bei der Arbeit zu. Sie ging schweigend und mit höchster Konzentration zu Werke. Durch die Hitze klebten ihr die schwarzen Locken in der Stirn, sodass sie sie immer wieder beiseitestreichen musste. Schließlich war sie fertig. Sie lehnte sich einen Augenblick zufrieden zurück. Als sie sich mir zuwandte, tat sie das mit demselben Maß an Aufmerksamkeit, mit dem sie sich zuvor ihrer Arbeit gewidmet hatte.

»Wie geht es deiner Mom? Was kann ich für dich tun?«

»Es geht ihr gut«, sagte ich. Und dann: »Ich komme wegen meines Fahrrads, es …«

»Lass mich mal sehen.« Sie stand auf, wischte sich die Hände an einem alten Lappen ab und kam zu mir rüber. Mit besorgter Miene begutachtete sie den Schaden.

»Das arme Ding!«, seufzte sie. »Wer hat ihm das angetan?«

»Nur so ein paar Mädchen«, antwortete ich, ohne Genaueres zu erklären.

»Na, die sind in *meinem* Laden jedenfalls nicht willkommen.« Liebevoll streichelte sie das Vorderrad. »Keine Sorge, wir machen dich wieder heil.«

»Dauert das lange?«, fragte ich.

»Ein paar Tage, denke ich.« Miss Redfearn war früher Sportlehrerin an meiner Schule gewesen. Sie war sehr nett, aber man merkte, dass sie Fahrräder lieber mochte als Kinder. Wahrscheinlich fand sie sie leichter zu durchschauen als uns.

»Miss Redfearn«, drängte ich vorsichtig, »ich brauche es wirklich ganz schnell zurück.«

»Gibt es einen Grund dafür, Nelle?«

Manchmal klang sie immer noch wie eine Lehrerin.

»Es ist für einen Auftrag. Ich kann das jetzt leider nicht erklären. Bitte?«

»Du meinst, für einen *Fall?*«

Etwas verlegen zuckte ich mit den Schultern. Die Erwachsenen dachten immer, die ganze Detektivsache sei bloß ein Spiel, weil ein Mädchen ja wohl keine richtige Detektivin sein könne. Aber da lagen sie falsch. Und das würde ich ihnen beweisen, indem ich Eddie fand.

Doch entgegen meiner Erwartung hellte sich Miss Redfearns Miene auf und ein sanftes Lächeln huschte über ihr Gesicht. »Ich wollte selbst immer eine Detektivin werden …«, sagte sie.

»Ach ja?«, fragte ich überrascht.

»Als ich ein kleines Mädchen war«, antwortete sie. »Dann bin ich erwachsen geworden …«

Ich sah zu, wie sie das verbogene Vorderrad drehte. »Na gut«, meinte sie. »Mal sehen, was ich tun kann.«

»Vielen Dank«, erwiderte ich. Sie nahm mein Fahrrad und trug es zu ihrem Arbeitsplatz, wo sie es vorsichtig absetzte. Im Hintergrund lief das Radio. Sobald die letzten Takte des Songs verklungen waren, verkündete der Ansager: »Und nun ein paar Worte unseres Bürgermeisters.«

»Danke, Bob. Hallo, hier spricht Bürgermeister Thornton.«

Selbst durchs Radio klang es, als hätte er sein strahlendes Lächeln aufgesetzt. Man konnte die ebenmäßigen weißen Zähne förmlich hören.

»Vor drei Jahren haben Sie mich zu Ihrem Vertreter gewählt. Gemeinsam haben wir diese Stadt besser, stärker und gesünder gemacht! Aber es gibt noch viel, sehr viel zu tun. Wir müssen es uns zur Aufgabe machen, unsere wunderschöne Stadt in neuem Glanz erstrahlen zu lassen und ihr die Bedeutung zurückzugeben, die sie früher einmal hatte. Weg mit dem Alten, her mit dem Neuen! Ich sage Ihnen: Wir müssen das Alte abreißen, um Platz für *Neues* zu schaffen! Neue Straßen, neue Häuser, neue …«

»Nein, nein, ich wollte einfach nur Musik.« Miss Redfearn drehte an dem Regler ihres Radios, bis sie einen Sender gefunden hatte, auf dem klassische Musik lief. Mit einem zufriedenen Nicken wandte sie sich wieder meinem Fahrrad zu.

»Miss Redfearn?«

»Ja, Nelle?«

»Kennen Sie Mr Thornton?«

»Den Bürgermeister?«

»Ja.«

Miss Redfearn kniff in den Reifen meines Vorderrads und betrachtete ihn niedergeschlagen. »Ich bin ihm nie persönlich begegnet«, antwortete sie, »falls du das meinst.«

»Oh.«

»Aber ich habe für ihn gestimmt.«

»Ach ja?«

Das überraschte mich. Offenbar hörte sie das heraus, denn sie lächelte.

»Ja«, sagte sie. »Zufälligerweise war ich ganz seiner Meinung.«

»Sie sind für die Prohibition?«

Sie zuckte mit den Schultern. »Es ist nicht gut, so viele Süßigkeiten zu essen«, meinte sie. »Die sind einfach furchtbar ungesund. Fahrradfahren ist viel, viel besser.«

»Aber sollten wir nicht zumindest die Wahl haben?«, fragte ich. »Ich dachte …«

»Weißt du«, entgegnete Miss Redfearn, »es geht ja nicht *nur* um Süßigkeiten, Nelle. Thornton ist gar nicht so mies als Bürgermeister. Der Stadt geht es unter ihm auch nicht besser oder schlechter als unter den meisten Bürgermeistern vor ihm.«

»Aber es ist nicht *fair!*«, protestierte ich. »Ihr könnt uns doch nicht einfach sagen, was wir tun sollen!«

»Doch, das können wir«, antwortete Miss Redfearn. »Ich meine, ihr seid *Kinder.* So funktioniert das System eben. Jetzt mach nicht so ein Gesicht, Nelle.«

Mit konzentrierter Miene fing sie an, mein Fahrrad auseinanderzuschrauben.

»Wenn du älter bist, Nelle«, fuhr sie fort, »wirst du lernen, dass es im Leben nicht immer gerecht zugeht.«

Dann stockte sie, schüttelte den Kopf und lächelte traurig. »Nein«, sagte sie, »ich hoffe, das musst du nie lernen.«

»Ich weiß, dass es nicht immer gerecht zugeht«, erwiderte ich leise. Ich dachte an meinen Dad. An Eddie, der sich irgendwo versteckte oder sonst wie verloren gegangen ist. Und an den Duft von Schokolade, der früher über der Stadt gehangen hatte und nun verflogen war. »Aber das sollte es.«

Miss Redfearns ganze Konzentration galt jetzt

meinem Fahrrad. Sie runzelte die Stirn und ging mit flinken, geschickten Handgriffen zu Werke.

»Ich weiß«, antwortete sie schließlich und schüttelte den Kopf. »So habe ich früher auch gedacht.«

Dann sagte sie: »Komm in einer Stunde wieder, Nelle. Bis dahin habe ich dein Fahrrad fertig.«

Kapitel 14

Draußen schien die Sonne und auf den Straßen herrschte reger Verkehr. In beide Richtungen waren Autos unterwegs, ein Hund bellte und in der Ferne war das aufdringliche Heulen einer Polizeisirene zu hören. Das Leben war nicht fair, das wusste ich. Aber ich fand trotzdem, dass es das sein *sollte*, und daran würde sich auch nichts ändern.

Drei Häuser weiter befand sich das wahre Ziel meines Ausflugs: Mr Lloyd-Williams' »Teddys, Tollereien & Tüddelkram«. Dort hatte mein Dad mir Del Bär gekauft, als ich noch ein Kleinkind war. In den Schaufenstern hingen Teddybären, Partyhüte, Cowboy- und Hexenkostüme. Ich ging hinein.

Das Innere des Ladens war düster und mit Regalen vollgestopft. Ich liebte es, hierherzukommen. Ich konnte Stunden damit verbringen, in dem Durcheinander aus Spielsachen und Krimskrams zu stöbern, und auch jetzt nahm ich mir die Zeit, verschiedene Dinge aus den Regalen zu angeln und sie mir anzusehen: ein Fläschchen Kunstblut, ein Furzkissen, zwei Plastikpistolen, eine Kamera, die einen Strahl Wasser verschoss, wenn man auf den Auslöser drückte, eine Schachtel bunter Murmeln und zu guter Letzt einen Cowboyhut.

Ich setzte den Hut auf und betrachtete mich im Spiegel. »Du hältst dich wohl für besonders hart, was?«, knurrte ich. »Wie war das? Redest du mit mir? Ich sehe hier sonst niemanden, redest du …«

»Mit mir?«, fragte eine gereizte Stimme. Ich erschrak fast zu Tode. »Redest du mit mir? Ich kann dich nicht sehen, Kindchen.«

Schnell nahm ich den Cowboyhut ab und hängte ihn zurück an seinen Haken. Dann zwängte ich mich durch einen Gang mit überquellenden Regalen nach vorne zur Kasse, von wo aus mir der alte Mr Lloyd-Williams finster entgegenblickte. Er war groß und stand immer leicht vornübergebeugt. Er hatte weiße Haare, einen weißen Schnurrbart und einen ausgeprägten britischen Akzent, wie ein schlechter Schauspieler in einem Horrorfilm. Ihn und seinen Laden gab es schon ewig.

Trotz der Hitze trug er einen cremefarbenen zweireihigen Anzug mit einer roten Plastikblume am Revers, die einem Wasser ins Gesicht spritzte, wenn man daran roch.

Die ganze Stadt wusste außerdem, dass man ihm niemals die Hand geben durfte, weil er für solche Anlässe immer einen Knopf in der Handfläche trug, der einem einen Elektroschock verpasste. Angeblich war er ein echter Clown. Also, früher mal, in einem richtigen Zirkus, meine ich.

»Ach, *du* bist es«, sagte er.

Das war seine Standardbegrüßung, deswegen nahm ich es ihm nicht übel.

»Hallo, Mr Lloyd-Williams«, erwiderte ich höflich. Außer ihm kannte ich niemanden mit einem Doppelnamen.

»Nelle«, sagte er. »Nelle … Franklin.«

»Faulkner«, korrigierte ich.

»Ja, ja«, knurrte er gereizt. »Wusste ich doch. Wie geht es Delphina?«

Er konnte sich unsere Namen nie richtig merken, aber er erinnerte sich an jeden einzelnen Teddybären, den er je verkauft hatte. Deswegen war ich hier.

»Es geht ihr gut, danke«, antwortete ich.

»Gut, gut. Pass schön auf sie auf, hörst du?«

»Das mache ich.«

»Gut. Nun denn. Möchtest du etwas kaufen, Kindchen?«

Ich sah ihm an, dass er meinen Namen schon wieder vergessen hatte. Außer uns war niemand im Laden. Wahrscheinlich hatte er gerade ein Nickerchen gemacht, als ich reingekommen war.

»Nicht viel los heute«, bemerkte ich, um irgendetwas zu sagen.

Er grunzte. »Schon den ganzen Monat«, knurrte er. »Das ganze Jahr eigentlich. Kann sein, dass ich den Laden bald schließen muss.«

»Nein!«, rief ich aufrichtig entsetzt. Ich konnte und wollte mir gar nicht vorstellen, dass es den Laden irgendwann mal nicht mehr geben würde. Mein Dad hatte mich immer hierhin mitgenommen. Hier hatte er mir meine erste Detektivausrüstung gekauft.

Mr Lloyd-Williams nickte. »Doch, doch.« Er hatte sehr weiße, sehr buschige Augenbrauen, die sich auf und ab bewegten, wenn er sprach. Ein bisschen wie die Hände eines Dirigenten vor einem voll besetzten Orchester.

»Es kommt niemand mehr her«, klagte er. »Die Leute behaupten, ich würde nur alten Ramsch verkaufen und der Laden würde nach Katze riechen. Dabei habe ich nicht mal eine Katze.«

»Ich mag Katzen«, erwiderte ich.

»Scheußliche Kreaturen!« Mr Lloyd-Williams schauderte. »Es gibt jetzt neue Geschäfte, drüben in den Einkaufszentren. Riesige Läden, in denen überall dasselbe steht. Regale über Regale und nicht eine explodierende Zigarette weit und breit. Hier lässt sich keiner mehr blicken. Dein Vater ist früher immer hergekommen, weißt du«, sagte er abrupt. »Noch mit *seinem* Vater. Das nenne ich Treue. Das ist *Tradition.* Und als er erwachsen war, hat er dich mit hergebracht. Ich vergesse nie ein freundliches Wort oder das Gesicht eines Teddys, aber die Leute haben *mich* vergessen. Jetzt sitze ich stundenlang hier rum, träume vor mich hin und niemand kommt. Vielleicht kehre ich nach England zurück, so trostlos es da auch ist. Dauernd kalt und ständig regnet es. Ich kann den Regen nicht ausstehen. Magst *du* Regen, Kindchen?«

»Ich … habe kein Problem damit?«, entgegnete ich unschlüssig, während ich mich fragte, wie ich ihn wieder auf Spur bringen konnte. Er räusperte sich pikiert und meinte: »Also, ich finde ihn schrecklich. Außerdem ist er nicht gut für meine Knochen, weißt du?«

»Nein, das wusste ich nicht.«

»Wenn du erst mal in mein Alter kommst …« Er musterte mich mit zusammengekniffenen Augen. »Wie alt bist du?«

»Zwölf.«

»Zwölf! Ich war irgendwann auch mal zwölf, jetzt bin ich siebenundachtzig, weißt du?«

»Das wusste ich nicht.«

»Ich sollte längst in Rente sein!«, seufzte er, wobei er allerdings recht selbstzufrieden dreinschaute. »Früher sind sie alle hergekommen«, fuhr er fort. »Jeder war wenigstens einmal in meinem Laden gewesen. Sogar der Präsident war mal hier! Der Präsident! Leider war nicht genug Zeit für ein Foto.«

»Es waren wirklich alle hier?«, hakte ich nach. Das war die Richtung, in die ich wollte.

»Ich kannte jeden Einzelnen von ihnen. Die Wilden und die Braven, die Hochwohlgeborenen und die kleinen Leute.« Er zuckte mit den Schultern. »Jeder braucht früher oder später mal einen Teddy oder ein Spielzeug.«

»Mr Lloyd-Williams?«

»Ja, Kindchen?«

Ich nahm den Teddy aus meiner Tasche und hielt ihn ihm vor die Nase. »Haben Sie diesen Teddy schon mal gesehen?«

»Ein Bär? Du kommst mit einem Bären zu mir?«

»Bitte.«

»Warte einen Moment.« Er wühlte unter dem Tresen und brachte eine seltsam aussehende Brille zum Vorschein. Auf der linken Seite war eine Art Lupe befestigt. Er setzte die Brille auf, griff nach dem Teddy und sah ihn sich genauer an.

»Ah …«, machte er. Sanft drehte er den Bären um, drückte seinen Bauch zusammen und schaute hinter sein verbliebenes Ohr. »Das arme Ding«, murmelte er. »Ja, ja. Das war eine Sonderanfertigung. Jetzt erinnere ich mich wieder.«

»Ach ja?«

»Ich habe jeden Teddybären im Kopf, den ich je verkauft habe«, antwortete er. »An diesen hier erinnere ich mich, als wäre es gestern gewesen. Er war für den Farnsworth-Jungen.«

Endlich, dachte ich. Ich versuchte, mir meine Freude nicht anmerken zu lassen. Mr Lloyd-Williams musste man sanft in die richtige Richtung lenken, bevor er womöglich wieder den Faden verlor und vom Thema abschweifte.

»Erzählen Sie mir von ihm«, bat ich.

»Der Farnsworth-Junge. Ich kannte noch seinen Großvater, den General. Strenger Mann, der General. Sehr ernst. Hielt nichts von Spielzeug. Und von Schokolade genauso wenig. Hat sich allerdings auch nicht an dem Geld gestört, das er damit verdiente. Er hat Orchideen gezüchtet. Frag mich nicht, warum. Fürchterliche Dinger. Allein der Geruch! Ich war mal oben bei ihm, musst du wissen. Hab ihn in seinem Gewächshaus gesehen. Alles voller Bediensteter, schrecklich!«

Er sah mich ausdruckslos an. »Wo war ich gerade?«

»Der Junge«, sagte ich schnell. Ich gab mir große Mühe, nicht die Geduld zu verlieren, aber es gelang mir nur bedingt.

»Der Junge …« Der Ausdruck in Mr Lloyd-Williams Augen wurde sanfter. »Sein Daddy hat ihn hergebracht. Er selbst hatte nie Spielzeug besessen. Der General war dagegen gewesen. Aber bei seinem eigenen Sohn wollte er es anders machen. War ein guter Mann. Tragisches Schicksal. Ist in ein Fass mit kochender Schokolade gestürzt. Oder vielleicht wurde er auch gestoßen, das konnte keiner so genau sagen. Wie auch immer. Er ist mit dem Jungen zu mir gekommen. Ich habe noch nie jemanden so glücklich gesehen wie den Jungen. Am liebsten hätte er wohl *alles* einmal ausprobiert. Beim Furzkissen hat er sich kaum eingekriegt vor Lachen. Und die Kostüme! Er hat jedes einzeln anprobiert. Cowboy, Pirat, Astronaut, Ballerina. Und die Wasserpistolen! Die hat er geliebt. Es schien so, als wäre er nie zuvor in einem Spielwarenladen gewesen.«

»Vielleicht war er das ja wirklich nicht«, gab ich zu bedenken.

Mr Lloyd-Williams nickte. »Da könntest du recht haben«, meinte er. »Und währenddessen stand sein Vater genau da, wo du jetzt stehst – er war natürlich größer als du –, er stand die ganze Zeit vor meinem Tresen, sah seinem Jungen beim Spielen zu und lächelte. Das war alles. Er sagte nichts, sondern lächelte einfach nur. Aber es war ein richtiges Lächeln, so eins, das auch die Augen erreicht, und es blieb die ganze Zeit auf seinem Gesicht, während der kleine Junge spielte. Dann drehte er sich zu mir um und sagte: ›Mr Lloyd-Williams, ich möchte meinem Sohn einen Teddybären kaufen.‹«

Ich sah den Teddy an, der zwischen uns auf dem Tresen lag. Er war alt und grau und hatte im Lauf der Zeit einige Wunden davongetragen. Die Waschmaschine des Lebens hatte ihn ordentlich durchgeschleudert, doch er war immer noch da. Er war geliebt und geschätzt worden.

»Siehst du das Etikett hier?«, fragte Mr Lloyd-Williams. Er zog es straff und betrachtete es durch seine Lupe hindurch. »Farnsworth«, sagte er. »Das habe ich eigenhändig aufgenäht. In gewisser Weise ist dieser Teddy ein wahrhaftigerer Farnsworth als alle, die noch leben.«

»Bis auf den Jungen«, warf ich ein, was ihn zu überrumpeln schien.

»Bis auf den Jungen, ja. Selbstverständlich. Wobei er natürlich schon lange kein Junge mehr ist.«

Einen Moment lang betrachteten wir schweigend

den treuen alten Begleiter vor uns. Ich hatte noch so viele Fragen: Warum hatte sich Farnsworth von ihm getrennt? Wie war er in Eddies Hände geraten? Warum suchten Tidbeck und Webber nach ihm?

»Ist er wertvoll?«, erkundigte ich mich. »Also, war er sehr teuer oder … ist darin irgendwas versteckt? Ein Schlüssel vielleicht oder eine Schatzkarte oder …?«

Mr Lloyd-Williams nahm den Teddy hoch und sah ihn sich noch einmal gründlich an. Zu guter Letzt schüttelte er den Kopf und legte ihn vorsichtig wieder hin. »Ich habe nicht den Eindruck, dass jemand etwas daran verändert hat«, sagte er. »Es wäre durchaus möglich, denke ich, aber ich bezweifle es. Er ist ein ganz normaler Teddy.«

»Aber er muss doch wertvoll sein«, beharrte ich. »Ich meine, er ist echt alt und … und er ist ein Farnsworth!«

Mr Lloyd-Williams nahm den Bären vom Tresen und gab ihn mir zurück. »Er ist einfach nur ein gewöhnlicher alter Teddybär«, sagte er. »Hör zu, Kindchen. Du stellst die falschen Fragen. *Natürlich* ist er wertvoll. Unbezahlbar sogar. Aber nur für denjenigen, dem er gehört.«

Ich starrte ihn wortlos an.

Ohne es zu wissen, hatte Mr Lloyd-Williams mich

der Lösung des Rätsels einen ganzen Schritt näher gebracht.

Für sich genommen, war der Teddy wertlos. Aber nicht für seinen Besitzer.

Darum waren sie alle hinter ihm her.

Es ging nicht um den Teddy. Es ging um seinen *Besitzer.*

Sie versuchten, Mr Farnsworth zu finden.

Kapitel 15

Als ich nach Hause kam, hatte jemand einen Zettel für mich unter der Tür durchgeschoben. Darauf stand:

> *Komm heute Abend um neun zum Laden, wenn du mehr wissen willst. Sag niemandem etwas. Pass auf, dass du nicht gesehen wirst.*
> *Bobby*

Ich betrachtete die Nachricht und fragte mich, was das zu bedeuten hatte. Irgendwie hatte ich ein ungutes Gefühl, dorthin zu gehen, auch wenn ich es trotzdem tun würde.

Irgendetwas im Süßigkeitenhandel hatte gewaltig zu stinken begonnen und ich wollte – musste – wissen, warum. Eddie war verschwunden, Waffles hatte Angst und Zuckerschnute Ratchet war auf dem Kriegspfad. Das war genug, um einem Bauchschmerzen zu bereiten.

Am Abend ging ich wie gewöhnlich ins Bett und wartete dann, bis meine Mom glaubte, ich würde tief und fest schlafen. Während sie vor dem Fernseher saß, schlich ich mich aus dem Haus. Den Teddy ließ ich sicherheitshalber daheim. Ich schob mein Fahrrad, bis ich außer Sichtweite war, und fuhr dann zu Bobby Singh. Mein Fahrrad sah aus wie neu. Mr Singhs Laden sah aus wie immer.

Um Punkt neun Uhr abends fuhr ein silberner Wagen vor und ein Mann in Butleruniform mit Trauermiene und betrübtem Blick stieg aus. Er ging auf die Beifahrerseite und öffnete Waffles McKenzie die Autotür.

Waffles blieb einen Moment unschlüssig stehen und kaute nachdenklich auf seiner Unterlippe, als habe er noch nie zuvor eine solche Bruchbude gesehen und wolle es eigentlich auch lieber dabei belassen. Dann nickte er und sagte etwas zu dem Butler. Jetzt fiel mir auch dessen Namen wieder ein: Foxglove. Waffles verschwand im Laden.

Kaum fünf Minuten später kam er in Begleitung von Bobby Singh nach draußen. Sie unterhielten sich kurz, dann öffnete Foxglove die Autotür, Waffles stieg ein und weg waren sie. Ich beobachtete, wie Bobby ihnen nachsah. Er wirkte nicht besonders glücklich, aber das tat er in letzter Zeit sowieso kaum noch.

Ich wartete ab, während er nach drinnen ging. Kurz darauf kam er wieder raus, stieg auf sein Rad und fuhr davon. Ich folgte ihm.

Wir radelten durch die stillen Straßen, in denen die Laternen blinkend zum Leben erwachten, während die Sonne langsam unterging und die Nacht über der Stadt hereinbrach. Die Luft war warm und roch nach Blumen. Der Duft erinnerte mich an letzten Sommer, als ich noch jung war und keine Privatdetektivin. Damals hatten Bobby und ich oft zusammen gespielt und waren nur zum Spaß auf unseren Fahrrädern in der Gegend herumgefahren. Jetzt versuchte ich, ihm ungesehen zu folgen. Der Treffpunkt musste irgendwo dort liegen, wo die Stadt endete und der Rest der Welt begann.

Am Straßenrand, kurz vor der Stadtgrenze, stand eine Tankstelle. Auf dem Hügel über uns ragte die Schokoladenfabrik in den Himmel. Ganz in der Nähe war das Meer: Ich konnte das Salz in der Luft und den Rauch der Lagerfeuer riechen. Vom Strand her waren Gelächter und das Kreischen der Möwen zu hören.

Bobby stellte sein Fahrrad auf dem verlassenen Parkplatz ab und wartete.

Ich beobachtete ihn von der anderen Straßenseite aus.

Ein Lastwagen kam angefahren, auf dem Weg in Richtung Stadt. Er wurde langsamer. In allerletzter Sekunde bog er ab, fuhr an den Zapfsäulen vorbei und hielt auf dem Parkplatz. Der Motor wurde abgestellt. Bobby blieb abwartend stehen. Der Fahrer stieg aus und pfiff, worauf Bobby zu ihm hinüberschlenderte. Ich sah, wie sie sich kurz unterhielten. Bobby gestikulierte wütend. Der Fahrer zuckte bloß mit den Schultern. Bobby warf einen Blick auf seine Armbanduhr und zeigte darauf. Der Fahrer zuckte erneut mit den Schultern. Bobby sah sich um. Dann nickte er. Er folgte dem Fahrer zur Ladefläche. Der Fahrer öffnete die Heckklappe und …

Der Klang einer Polizeisirene zerriss die Stille der Nacht. Das Heulen schwoll an und ebbte wieder ab wie die Meeresbrandung, ein Kreischen wie Fingernägel auf Glas, wie ein Baby, das nicht aufhören wollte zu schreien. Es verlangte nach Aufmerksamkeit. Es wurde lauter und lauter, bis es alle anderen Geräusche auf der ganzen Welt verdrängt hatte. Ich hielt mir die Ohren zu. Die Sirene raste an mir vorbei, begleitet von einem kreiselnden blauen Licht und einem vertrauten schwarzen Wagen.

Das Auto bretterte über den Asphalt und bog auf

den Parkplatz, wo es mit quietschenden Reifen vor dem Lkw zum Stehen kam, um ihm den Fluchtweg abzuschneiden. Bobby und der Fahrer standen wie angewurzelt da. Wie auf Kommando gingen die Autotüren auf, schlugen gleichzeitig wieder zu und dahinter kamen zwei Gestalten zum Vorschein, die mir im blassgelben Licht der Straßenlaternen nur allzu bekannt vorkamen.

Tidbeck und Webber.

»Na, wenn das nicht der kleine Bobby Singh ist«, sagte Tidbeck. Ihre Stimme war so durchdringend, dass ich sie bis zu mir herüber hören konnte. Das Licht fiel auf ihr fahles, kantiges Gesicht und fing das boshafte Funkeln in ihren Augen ein. Sie schien das hier zu genießen. »Ist es nicht ein bisschen spät für dich, um ganz allein hier draußen zu sein, Bobby?«

Bobby stand regungslos da.

»Was ist in dem Lkw, Partner?«, fragte Webber. Der Fahrer zuckte missmutig mit den Schultern. Webber ging um das Fahrzeug herum. Seine Schritte klangen auf dem Betonboden wie Trommelschläge. Er warf einen Blick ins Innere des Lastwagens und stieß einen vielsagenden Pfiff aus.

»*Schokolade*«, verkündete er mit hörbarem Abscheu. Tidbeck packte Bobby am Ohr. Er gab keinen Laut von sich, obwohl sich sein Gesicht vor Schmerz verzog. Tidbeck schleifte ihn mit sich zur Heckklappe des Lkws und sah hinein.

»Weißt du irgendetwas darüber, Bobby?«, fragte sie.

»Mit dem Mist könnte man die Stadt einen ganzen Monat lang versorgen!«, empörte sich Webber. Der Fahrer spuckte aus.

Webber drehte sich zu ihm um. »Für wen arbeiten Sie?«, fragte er mit einem drohenden Unterton in der Stimme.

Der Fahrer schüttelte den Kopf. »Ich sag gar nix.«

Webber lächelte finster.

»Wer steckt hinter dieser Lieferung?«, schrie er. »Die Gebrüder Soufflé? Madame Sosotris? Edmonton St. Nougat? Oder ist es Borschtsch?«

»Oder ist Borschtsch was?«

»Falsch!«, knurrte Webber und hob eine fleischige Faust, doch Tidbeck hielt seinen Arm fest.

»Ich hab nix Falsches gemacht!«, brüllte der Fahrer, dem allein die Drohung gereicht hatte, um ihn aus seinem vorgetäuschten Desinteresse zu reißen. »Ist doch nicht verboten, Süßigkeiten zu transportieren!«

»Innerhalb der Stadtgrenze schon«, stellte Tidbeck klar. »Und hier *sind* wir innerhalb der Stadtgrenze.«

Ich sah, wie Bobby sich das Ohr rieb und einen verstohlenen Blick zu seinem Fahrrad warf, doch er wusste, dass es kein Entkommen gab. Ich hatte Angst – um ihn, aber auch um mich. Das Blut rauschte in meinen Ohren. Sollte ich abhauen?

Aber ich konnte Bobby nicht einfach im Stich lassen.

»Was noch viel wichtiger ist«, fuhr Tidbeck in bedrohlichem Tonfall fort, »diese Schokoladenlieferung ist von *uns* nicht genehmigt worden. *Wir* haben unseren Anteil nicht bekommen. Was glauben Sie wohl, woran das liegt? Ich frage Sie jetzt also noch mal: Wer hat Ihnen die Genehmigung für diese … diese *un*genehmigte Lieferung erteilt?«

»Ich hab keine Ahnung!«, beteuerte der Fahrer. »Außerdem bin ich noch gar nicht über die Grenze gefahren!«

Ich blieb, wo ich war, und rührte mich nicht. Tidbeck und Webber steckten im Schokoladenschmuggel mit drin? Sie *profitierten* sogar davon!

Der Fahrer sah sie finster an. »Ihr habt doch alle einen an der Waffel, da in der Stadt.«

»Gesetz ist Gesetz, ob es Ihnen gefällt oder nicht«, erwiderte Tidbeck.

»Genau«, bekräftigte Webber mit einem fiesen Lächeln.

»Es sind bloß Süßigkeiten!«, rief der Fahrer. Er sprach mir aus der Seele.

»Die sind schlecht für die Zähne«, entgegnete Tidbeck.

»Und für den Bauch«, ergänzte Webber.

»Sie fahren jetzt also zurück zum Konsortium«, sagte Tidbeck. »Zu Ihren Chefs, diesen *Chocolatiers.*«

Das Wort bedeutete nichts anderes als Schokoladenhersteller, so viel wusste ich.

Doch sie sprach es voller Verachtung aus.

»Sie fahren zurück und verklickern Ihren Zuckerdealern, dass das hier *meine* Stadt ist. Sagen Sie Ihnen, dass sie sich gefälligst an unsere *Vereinbarung* zu halten haben. Ach ja, und übrigens ist der Preis dafür soeben gestiegen. Sagen Sie Ihnen …«

»Ich bin nur der Fahrer!«, protestierte der Fahrer.

»Sagen Sie Ihnen …«, brüllte Webber und fuchtelte mit dem Finger vor dem Gesicht des Mannes herum. Ich sah, wie Bobby versuchte, sich so klein wie möglich zu machen.

»… dass der Preis jetzt bei fünfunddreißig Prozent liegt«, schloss Tidbeck.

»Fünfunddreißig!«, wiederholte der Fahrer schockiert.

»Ganz genau«, sagte Tidbeck.

Der Fahrer zuckte mit den Schultern. »Ich werd's ihnen ausrichten«, meinte er. »Aber es wird ihnen nicht schmecken.«

»Muss es auch nicht, Kumpel«, erwiderte Webber. »Hauptsache, sie bezahlen.«

Der Fahrer zuckte erneut mit den Schultern. »Und die Ladung?«, fragte er. »Nehm ich die jetzt wieder mit oder was?«

»Wer hat denn was von mitnehmen gesagt?« Webber legte ihm den Arm um die Schultern. Sein Lächeln war so schmierig wie billiges Karamell. »Kommen Sie«, sagte er. »Ich spendiere Ihnen einen Kaffee.«

Er führte den Mann zur Tankstelle. Tidbeck blieb mit Bobby Singh zurück. Sie schenkte ihm ein Lächeln, das aussah, als hätte sie es bisher ausschließlich vor dem Spiegel geübt.

»Wie ich höre, wird Eddie de Menthe vermisst«, bemerkte sie im Plauderton. Bobby starrte auf seine Füße. Der Wind trug ihre Stimmen zu mir herüber, sodass ich sie so deutlich hörte, als würde ich direkt neben ihnen stehen.

»Kann sein«, meinte er.

»Weißt du, wo er ist?«

Bobby nuschelte etwas.

»Sprich deutlich«, mahnte Tidbeck.

»Ich habe keine Ahnung, wo er steckt.«

Tidbeck seufzte. »Ich bin hier nicht die Böse, Bobby«, sagte sie. »Ich versuche bloß, dir zu helfen. Ich weiß, es sieht gerade nicht gut für dich aus. Eddie läuft irgendwo da draußen rum, Waffles isst seine Ware lieber selber auf, als sie weiterzuverkaufen, und das kleine Mädchen, Zuckerschnute, ist nicht ganz so süß, wie ihr Name vermuten lässt. Hab ich recht?«

Das war keine Frage. Ich sah, wie Bobby unwillkürlich schauderte.

»Ich hab echt keine Ahnung«, brummte er. Falls er versuchte, den Lastwagenfahrer nachzuahmen, gelang es ihm wirklich gut.

»Hör zu, du kleiner …«, zischte Tidbeck. Dann unterbrach sie sich und probierte es mit einem Lächeln, woran sie jedoch mal wieder kläglich scheiterte. Also ließ sie es endgültig bleiben. »Hör zu, Bobby. Wir lassen euch Kids euer kleines Spiel. Warum auch nicht? Es kriegen schließlich alle, was sie wollen – ihr habt so viele Süßigkeiten, wie ihr nur essen könnt, das Candy-Konsortium kann seine Produkte innerhalb der Stadt verkaufen, wir sorgen für Sicherheit und bekommen dafür einen Teil der Einnahmen und alle sind glücklich. Richtig?«

»Richtig«, antwortete Bobby.

»Was wir dabei *nicht* gebrauchen können, sind irgendwelche Sperenzchen. Und was wir *noch weniger* gebrauchen können, ist mangelnde Stabilität. Gerade jetzt. Irgendwas läuft hier mächtig schief, Bobby, und ich glaube, du weißt etwas.«

»Ich hab …«

»… keine Ahnung. Schon verstanden.« Sie kniff sich in die Nasenwurzel. »Ich will Eddie«, sagte sie. »Ich will Eddie und ich will wissen, was er weiß. Du gehst jetzt also schön zurück zu deinem Boss und sagst ihm das, Bobby Singh. Oder ich nehme dich mit und steck dich in den Knast.«

Das Jugendgefängnis. Bobby blickte sie entsetzt an und ich erstarrte. »Das würden Sie nicht tun«, hauchte er.

»Willst du es drauf ankommen lassen?«

»Ich weiß nicht, wo Eddie ist!« Er war jetzt bereit auszupacken und sie wusste es. »Ich … er war bei Waffles. Die beiden waren Freunde! Er war ständig bei ihm zu Hause. Jedenfalls hatte er plötzlich diese verrückte Idee. Er hatte sich in den Kopf gesetzt, Farnsworth zu finden und ihn irgendwie zurückzuholen, damit der alles wieder in Ordnung bringt. Eddie hatte keine Lust mehr, Anführer einer Gang zu sein. Er wollte einfach wieder Kind sein dürfen. Und dann sagte er, er habe etwas gefunden, etwas Wichtiges, das uns zu Farnsworth führen könnte.«

Tidbeck schwieg einen Augenblick. Als sie schließlich sprach, war ihre Stimme ganz sanft und leise. Trotzdem konnte ich sie mühelos verstehen. »Was war es?«, fragte sie.

»Ich weiß es nicht!« Bobby war den Tränen nahe.

»Es war bloß eine Geschichte, wahrscheinlich hat er sich das alles nur ausgedacht. Waffles war das egal. Er mochte einfach seine Gesellschaft. Waffles hat nicht viele Freunde.«

»Aber du schon, nicht wahr, Bobby?«, fragte Tidbeck. »Du bist doch mit diesem kleinen Mädchen befreundet. Wie heißt sie noch gleich? Nelly? Die kleine Nelly?«

Ich hatte das Gefühl, als hätte mir jemand eine ganze Packung Eiscreme über den Rücken gekippt. Bobby sah Tidbeck an und blinzelte.

»Nelle?«, erwiderte er nervös. »Was ist mit ihr?«

»Sie schnüffelt herum«, antwortete Tidbeck. Ihre Stimme war immer noch leise, klang jetzt aber deutlich bedrohlicher. »Stellt Fragen. Steckt ihre Nase in Dinge, die sie nichts angehen. Was weiß sie, Bobby?«

»Nichts!«

»Was *weiß* sie?«

»Ich weiß es nicht!«

»Dann sorg dafür, dass du es herausfindest«, fauchte Tidbeck. Sie stieß Bobby den Zeigefinger in die Brust und er taumelte rückwärts. Tidbeck fletschte ihre blendend weißen Zähne. Als hätte er nur auf dieses Signal gewartet, kam ihr Partner in diesem Moment aus dem Tankstellen-Café und gesellte sich zu ihr.

Sie steckten die Köpfe zusammen und berieten sich

flüsternd. Webber lachte. Dann blickte er zu Bobby und deutete auf den offenen Lkw.

»Na, dann lasst euch nicht aufhalten«, sagte er.

»Sir?«

»Ihr habt doch einen Auftrag zu erfüllen, oder? Dann tut das auch«, erklärte Webber. Tidbeck und er gingen zurück zu ihrem Auto, stiegen ein und wenig später brausten sie an mir vorbei zurück in die Stadt.

Bobby sah ihnen mit großen Augen nach. Verzweiflung lag in seinem Blick.

Kapitel 16

Ich rannte zu ihm.

»Nelle!«

»Bobby, geht es dir gut?«

»Alles bestens«, versicherte er. »Wirklich.«

Ich sah ihn mit einer Mischung aus Sorge und Erleichterung an. In seiner Nachricht hatte gestanden, dass ich mehr erfahren würde, wenn ich ihm folgen würde, und das hatte ich – und zwar weit mehr, als ich erwartet hatte. Ich versuchte, das alles zu begreifen: die Tatsache, dass Tidbeck und Webber in den Süßigkeitenschmuggel involviert waren und dass *sie* es gewesen sein mussten, die in mein Büro eingebrochen waren. Das Erschreckendste war aber die Tatsache, dass *Erwachsene* in der ganzen Sache mit drinsteckten. Vor einigen Tagen hatte ich das alles noch für ein Spiel gehalten.

Das war ganz schön viel, was mein Hirn verarbeiten musste.

»Was geht hier ab, Bobby?« Ich packte ihn am T-Shirt. Er sah mich mit seinem kleinen, traurigen Gesicht bloß stumm an. »Was weißt du darüber?«

»Du hast doch gehört, was ich gesagt habe! Ich weiß, wonach Eddie gesucht hat. *Wen* er gesucht hat. Aber nicht nur das. Er war überzeugt, dass er nah dran war. Niemand weiß, wie Farnsworth aussieht. Es könnte jeder sein. Angeblich hat er seinen Namen geändert und ist untergetaucht. Einfach so.« Er schnippte mit den Fingern. »Eddie meinte, das alles ginge schon viel zu lange so. Dahinter steckt das Candy-Konsortium, Nelle. Die Gebrüder Soufflé, Madame Sosotris, Edmonton St. Nougat und der Rest. Borschtsch.«

»Borschtsch?«, wiederholte ich. Bobby zuckte mit den Schultern.

»Das waren diejenigen, die Farnsworth aus dem Geschäft gedrängt haben. Sie haben ihn gehasst, Nelle. Er war der Beste. Erinnerst du dich?«

Ich dachte an die aromatische, zart schmelzende Schokolade, an die sauren Schnüre und knusprigen Nussriegel und mir lief buchstäblich das Wasser im Mund zusammen. »Und wie ich mich erinnere …«, sagte ich leise.

»Sie haben dafür gesorgt, dass Thornton gewählt wurde, und sie haben auch dafür gesorgt, dass Süßigkeiten verboten und die Farnsworth-Fabrik geschlossen wurde. Aber Eddie glaubte, das ändern zu können. Er war müde. Er wollte kein Schmuggler mehr sein.«

»Aber woher *weißt* du das alles, Bobby? Wenn das stimmt, dann ist das …« Ich wusste nicht, was ich sagen sollte. »Eine Riesensache.«

»Wenn du mehr wissen willst, musst du mit Waffles reden«, meinte Bobby. »Ich verkaufe bloß Süßigkeiten, Nelle. Mit dem Rest wollte ich nie etwas zu tun haben. Schon gar nicht mit diesen beiden Polizisten. Die machen mir Angst.«

»Mir auch«, gestand ich.

Aber irgendwas passte immer noch nicht so recht ins Bild. Ich hatte weitere Teile des Puzzles gefunden, doch ich hatte das Gefühl, dass mir nach wie vor einige fehlten.

Das Candy-Konsortium erschien so weit weg. Konnten sie *wirklich* hinter all dem stecken? Sogar hinter der Prohibition?

Die Prohibition hatte begonnen, als Bürgermeister Thornton an die Macht gekommen war. Bedeutete das, dass das Konsortium ihm *geholfen* hatte? Oder hatten sie lediglich die Gelegenheit genutzt, die sich ihnen geboten hatte, als Bürgermeister Thornton die Prohibition in Kraft gesetzt hatte?

Die Wahrheit war: Ich wusste es nicht.

»Warum erzählst du mir das gerade jetzt, Bobby?«, fragte ich.

»Eddie meinte, wenn er jemals in Schwierigkeiten geraten sollte, würde er sich an dich wenden«, antwortete Bobby.

»An mich? Warum ausgerechnet an mich?«

»Er mochte dich. Er sagte, ihr hättet früher zusammen im Sandkasten gespielt, als ihr noch klein wart. Und er sagte, du seist gut. Anders als wir stecktest du da nicht mit drin.«

»Jetzt aber schon«, warf ich ein.

Er senkte den Kopf. »Ja«, sagte er. Und dann: »Tut mir leid.«

»Es gibt nichts, wofür du dich entschuldigen müsstest, Bobby.«

Als er mich ansah, waren seine Augen groß und ein bisschen feuchter als sonst. »Sind wir noch Freunde?«, fragte er.

»Natürlich sind wir das.«

»Ich mache mir Sorgen, Nelle.«

Unbeholfen tätschelte ich ihm die Schulter. »Ich weiß.«

»Ich habe nie darum gebeten, in das alles mit reingezogen zu werden. Anfangs war es bloß eine Gelegenheit, sich ein bisschen Taschengeld dazuzuverdienen. Ein netter kleiner Spaß, weißt du? Dann wurde meine Mom krank und mein Dad fing an, sich Sorgen wegen der Rechnungen zu machen. Inzwischen verlasse ich den Laden nur noch für … das hier.« Mit einer ausholenden Geste zeigte er auf den Parkplatz, den Lkw und die Straßenlaternen, die uns in ihr gelbes Licht tauchten. »Ich kann mich gar nicht mehr erinnern, wann ich das letzte Mal etwas gespielt habe, Nelle.«

Ich hatte keine Ahnung, was ich darauf antworten sollte. Er war mein Freund und er wusste nicht mehr weiter.

»Das wird schon wieder, Bobby«, sagte ich leise. »Versprochen.«

»Wenn du das sagst, Nelle.«

»Versprochen«, wiederholte ich – mit größerer Überzeugung, als ich in Wahrheit empfand. Dann fiel mir etwas ein: »Hey, Bobby, was wird jetzt eigentlich aus den ganzen Süßigkeiten?«

Ich sah zu dem parkenden Lkw rüber. Bobby antwortete nicht.

Stattdessen steckte er zwei Finger zwischen die Lippen und pfiff.

Ein scharfer, hoher Ton gellte durch die klare

Nachtluft und durchschnitt die Stille wie ein Buttermesser.

Einen Moment lang tat sich nichts. Wie auch, es war ja außer uns weit und breit niemand da. Dachte ich jedenfalls.

Dann brach um uns herum das Gewimmel los.

Sie kamen von überall her und alle gleichzeitig. Als sie sich aus den Schatten lösten, erkannte ich erschrocken, dass sie schon die ganze Zeit dort gewartet hatten.

Und ich hatte – wie zweifelsohne auch Tidbeck und Webber – gedacht, wir wären allein.

Falsch gedacht.

Sie kamen auf ihren Fahrrädern aus allen Straßen und sogar über alle Schotterpisten, die irgendwie auf den Highway führten. Vom Hügel herab und um ihn herum strömten Kinder auf Fahrrädern herbei: Bobbys Jungs, Waffles' Bande. Die Schokoschmuggler, die Zuckerkuriere, die Süßigkeitenverteiler.

Wie ein Bienenschwarm fielen sie über den Lastwagen her. Währenddessen herrschte eine geschäftige Stille. Kisten wurden aus dem Lkw getragen und von Hand zu Hand weitergereicht. Dann fuhr das erste Fahrrad davon, ein kleines Mädchen mit einem Karton Süßigkeiten auf dem Gepäckträger, das wie wild in die Pedale trat. Dann folgte der Nächste, ein Junge diesmal, dann der Nächste und der Nächste. Nacheinander sausten sie vom Parkplatz, über den Highway und zurück in die Stadt.

Einer nach dem anderen verschwand in der Dunkelheit der Nacht, jeder über eine andere Route.

Wie Zuckerwattegespenster huschten sie über den Horizont, geräuschlos bis auf das leise Surren von Fahrradreifen auf dem Asphalt. Als der Lkw-Fahrer mit einer Tasse in der Hand aus dem verlassenen Tankstellen-Café kam, war die Ladefläche leergeräumt und Bobby und ich waren als Einzige noch übrig.

Stille lag über der schlafenden Welt. Die Rücklichter eines vorbeifahrenden Autos erhellten für einen Moment die Biegung der Straße, bevor auch sie in der Nacht verschwanden.

Selbst das Kreischen der Möwen war verstummt.

Über uns auf dem Berg thronte die Schokoladenfabrik, riesig und dunkel und geschlossen. Es war ein Ort voller Magie und Geheimnisse, unbekannt und unerforscht.

Plötzlich schoss mir ein Gedanke durch den Kopf und setzte sich dort fest. So unwahrscheinlich die Vorstellung auf den ersten Blick auch erscheinen mochte, ich wurde sie nicht mehr los.

»Was, wenn Eddie da oben ist?«, flüsterte ich. Ich

sah Bobby von der Seite an. »Was, wenn er sich in der Schokoladenfabrik versteckt?«

Bobby blickte zu der mondbeschienenen Fabrik auf dem Hügel hinauf. Seine Augen waren groß und funkelten.

»Warum sollte er das tun?«, fragte er.

Ich antwortete: »Weil es der einzige Ort ist, wo niemand nach ihm suchen würde.«

Kapitel 17

Ich folgte Bobby auf die andere Straßenseite und zurück in die Stadt. Wir fuhren schweigend hintereinander her.

Um uns herum war es dunkel und still, wie es nur nachts der Fall war. Die Kuriere mit ihrer gesetzeswidrigen Zuckerfracht waren so schnell davongeradelt, dass von ihnen weit und breit nichts mehr zu sehen war.

Dann bemerkte ich einen Lichtstreifen am Horizont, wie von der aufgehenden Sonne.

Bis zum Tagesanbruch waren es aber noch einige Stunden.

Der Farbwechsel am Himmel stammte von einem gelben und roten Licht, das flackernd emporzüngelte. Ich roch Rauch.

Besorgt blickte ich zu Bobby hinüber. Sein Gesicht

war leichenblass und er hielt die Augen stur geradeaus gerichtet. Er trat noch schneller in die Pedale und ich musste mich anstrengen, um mitzuhalten.

Während wir auf seine Straße zufuhren, stieg die Rauchsäule höher und höher und jetzt konnte ich auch die Flammen darunter sehen.

»Dad!«, schrie Bobby mit erstickter Stimme. Seine dürren Beine strampelten auf und ab, auf und ab, so schnell, dass ich beinahe fürchtete, sein Fahrrad könnte jeden Moment selbst in Flammen aufgehen. Ich kam nicht mehr hinterher. Er trat in die Pedale, als hinge sein Leben davon ab, und ich verlor den Anschluss.

Als ich schließlich um die Ecke bog, sah ich, dass der Laden in Flammen stand.

»Dad! Dad!«

Das Schaufenster von Mr Singhs Geschäft war eingeschlagen worden. Flammen loderten daraus hervor und hüllten die Straße in dichten Qualm. Es wirkte fast so, als würden sie miteinander wetteifern, welche von ihnen am höchsten kam.

In der Ferne hörte ich das durchdringende Heulen einer Feuerwehrsirene, das zügig näher kam.

»Dad!«

Bobby stieg in die Bremsen und war bereits losgerannt, als sein Fahrrad hinter ihm zu Boden fiel. Die Ladentür ging auf und Mr Singh taumelte nach draußen. Er hatte keinen Turban auf und sein Haar floss wie ein dunkler Wasserfall über sein Gesicht und seine Schultern.

»Dad!«

Ich rannte Bobby nach, der versuchte, seinen Vater vom Feuer wegzubringen. Die Hitze war so enorm, dass es sich anfühlte, als würden meine Haare und Augenbrauen versengt. Ich nahm Mr Singh am Arm, Bobby griff nach dem anderen und zusammen zogen wir ihn von dem brennenden Gebäude weg.

Die Sirene wurde lauter und lauter, bis endlich ein Löschfahrzeug um die Ecke bog. Die Feuerwehrleute stiegen aus und wir wurden von fremden Händen in sichere Entfernung gezogen. Jemand drückte mir eine Flasche Wasser in die Hand und ich trank, während die Welt um mich herum wieder kühl und dunkel wurde.

»Ist noch jemand da drin?«, erkundigte sich ein Feuerwehrmann.

Mr Singh starrte seinen Laden an. Schließlich schüttelte er den Kopf. »Nein«, sagte er. »Nein, da ist keiner mehr, ich war …« Wieder schüttelte er den Kopf, hilflos diesmal. »Ich war schon draußen, aber dann dachte ich, ich könnte noch … Ich bin wieder reingegangen, weil ich dachte, ich könnte …« Seine Stimme erstarb. Wortlos betrachtete er sein brennendes Geschäft.

Die Feuerwehrleute schlossen ihre Pumpe an und richteten den Wasserstrahl auf das Gebäude. Ein ohrenbetäubendes Fauchen und Zischen ertönte, als das Feuer versuchte, dem Löschwasser auszuweichen.

Ich wusste nicht, was ich sagen sollte. Schweigend saß ich neben Bobby und seinem Dad und sah zu, wie ihr Laden den Flammen zum Fraß fiel. Ich dachte an die vielen kleinen Schätze in den Regalen, die irgendwann jemand hergestellt hatte und die nun alle unwiederbringlich verloren waren. Und ich dachte an den kleinen Raum hinter dem Laden, an all die Schokoriegel, die dort gerade wegschmolzen.

»Was ist passiert?«, flüsterte Bobby.

Mr Singh schüttelte den Kopf. Zu mehr schien er nicht in der Lage.

»War es ein Unfall?«

Wir wussten beide, dass es keiner war, noch bevor Mr Singh wieder wortlos den Kopf schüttelte.

»Zuckerschnute«, raunte Bobby so leise, dass sein Vater es nicht hörte. Seine Stimme war voller Hass.

»Das kannst du nicht wissen!«, widersprach ich.

Doch Bobby hatte etwas entdeckt, das mir entgangen war. Er ging in die Knie und hob ein rosarot gepunktetes Tuch auf, das wir beide nur allzu gut kannten.

Es war dasselbe Tuch, das Zuckerschnute während des Stinkbombenangriffs getragen hatte.

»Sie wollte den Laden«, sagte Bobby. »Sie will den Süßigkeitenhandel übernehmen, und zwar komplett. Sie will Waffles' und Eddies Revier. Das hier war eine Botschaft. Die ganzen Süßigkeiten!« Er klang verzweifelt. »Waffles wird mich umbringen.«

»Zuckerschnute ist ein Kind!«, wandte ich ein. »So wie wir. Sie würde niemals ein Haus abfackeln. Das ist eine ganz andere Nummer. Mir ist egal, ob du irgendein Tuch gefunden hast, das beweist noch gar nichts. Höchstens dass sie hier war, aber das ist auch alles, Bobby! Wahrscheinlich hat sie es letztes Mal verloren. Ich meine, das war keine Stinkbombe, Bobby. Hierbei hätten Menschen zu Schaden kommen können!«

»Du findest also, es sei niemand zu Schaden gekommen? Sieh dich doch mal um! Es ist weg! Es ist alles weg!«

»Bobby …«

»Was, Nelle? *Was?*«

Ich wusste nicht, was ich sagen sollte. Den Feuerwehrleuten war es gelungen, den Brand unter Kontrolle zu bringen. Die Flammen leisteten immer noch erbitterte Gegenwehr, waren aber eindeutig dabei, den Kampf zu verlieren. Man konnte förmlich dabei zusehen, wie sie immer kleiner wurden. Es gab keine Ausweichmöglichkeit und langsam ging den Flammen der Sauerstoff aus. Plötzlich flackerte ein blaues Licht auf, eine Sirene ertönte und kurz darauf hielt ein mittlerweile vertrautes Auto neben uns.

Die Türen gingen auf und wieder zu und Tidbeck und Webber kamen angeschlendert, stellten sich zu uns und blickten auf die sterbenden Flammen.

»Schlimm«, sagte Tidbeck.

Webber biss in einen Müsliriegel. Haferflocken rieselten ihm beim Kauen aus dem Mund. »Ich hoffe, Sie sind versichert«, nuschelte er.

Ich sah, wie Bobby seinem Dad einen Blick zuwarf. Mr Singh nickte und Bobbys Schultern entspannten sich.

Das Feuer war jetzt so gut wie gelöscht. Der Gestank, der in der Luft hing, war fürchterlich, wie eine Mischung aus verbrannten Haaren, Katzenkacke und Erbrochenem. Webber trottete zum Einsatzleiter der Feuerwehr hinüber und unterhielt sich leise mit ihm. Tidbeck blieb bei uns, den Blick weiter auf den zerstörten Laden gerichtet.

»Wirklich bedauerlich«, bemerkte sie.

In ihrer Stimme lag kein bisschen Mitgefühl. Unwillkürlich lief mir ein Schauer über den Rücken. Als hätte sie meine Gedanken gelesen, drehte sie sich um und lächelte.

»Nelle, Nelle, Nelle«, sagte sie. »Du tauchst in letzter Zeit aber auch überall auf, was?«

Ich grub die Fingernägel in meine Handfläche und schwieg, worauf ihr Lächeln nur noch breiter wurde.

»Einfach überall«, fuhr sie nachdenklich fort.

Ich beobachtete ihre Augen, die etwas von einer Kröte hatten. Sie fassten einen in den Blick, ohne einmal zu blinzeln, und ließen einen nicht mehr los. Als wäre man eine saftige Fliege, die verspeist werden sollte.

Tidbeck legte mir sanft die Hand auf die Schulter. Mit einem letzten Zischen erlosch das Feuer. Von dem Gebäude war nur noch eine völlig durchnässte Ruine übrig. Tidbeck wandte sich an Mr Singh und Bobby. »Passen Sie gut auf sich auf«, sagte sie.

Dann stiegen Webber und sie ins Auto und fuhren davon. Bobby sah mich mit einem traurigen Lächeln an, sagte aber nichts. Es gab nichts mehr zu sagen.

Als ich nach Hause kam, stürzte mir meine Mutter schon an der Haustür entgegen und zog mich mit einem leisen Aufschrei an sich.

»Wo bist du gewesen, Nelle?«, fragte sie wieder und wieder. »Wo bist du nur gewesen?«

»Ich war noch mal kurz bei Bobby«, antwortete ich. »Tut mir leid, dass ich mich rausgeschlichen habe.«

Trotz der Tränen schnüffelte sie an mir. »Du riechst nach Rauch!«, verkündete sie.

»Es gab ein Feuer.«

»Ich weiß, dass es ein Feuer gab! Nelle, wo bist du da nur reingeraten?«

»Bobby und ich sind bloß ein bisschen mit dem Fahrrad rumgefahren!«, beteuerte ich. Das war nicht mal gelogen. Es war lediglich nicht die ganze Wahrheit. »Und als wir zurückgekommen sind, stand sein Haus in Flammen.«

»Was ist passiert? Weiß man schon, was passiert ist?«

»Es gab ein Feuer«, wiederholte ich dümmlich.

»Oh, *Nelle*«, seufzte meine Mom. Sie ließ mich los, trat einen Schritt zurück und sah mich mit ernster Miene an. »Ich glaube, als du weg warst, ist schon wieder jemand bei uns eingebrochen. Ich habe ein Geräusch gehört und als ich nachsehen gegangen bin, habe ich festgestellt, dass du weg warst.«

»Jemand ist eingebrochen?« Mich beschlich ein ganz, ganz ungutes Gefühl.

»Na ja, ich bin mir nicht sicher. Wenn ja, hat derjenige zumindest nichts mitgenommen. Nelle, was ist hier los? Bist du in irgendwelche gefährlichen Machenschaften verwickelt?«

»Wir haben einfach nur gespielt …«, erwiderte ich, allerdings nicht besonders überzeugend. Meine Mom nahm meine Hand, führte mich ins Haus und schloss die Tür hinter uns. Ihre Wut schien verflogen, sie wirkte jetzt nur noch müde und froh, dass ich wieder da war. Ich sah ihr an, dass sie Fragen hatte, dass es eine Million Dinge gab, die sie sagen wollte, doch dann bemerkte sie den Ausdruck auf meinem Gesicht und streichelte mir bloß über die Wange.

»Na, komm«, sagte sie. »Ich mach dir eine warme Milch.«

Während sie in der Küche hantierte, ging ich nach oben in mein Zimmer. Ich wusste bereits, was ich dort vorfinden – oder genauer gesagt: nicht finden – würde.

Ich suchte wirklich überall, aber schließlich musste ich mir meine Niederlage eingestehen.

Teddy war weg.

Kapitel 18

Am nächsten Morgen stattete mir Waffles McKenzie einen Besuch ab. Ich war nur kurz Milch kaufen gegangen, doch als ich zurückkam, parkte sein großes silbernes Auto vor unserem Haus. Der Mann mit der Butleruniform und dem traurigen Blick stand daneben und wartete geduldig.

»Mr Foxglove?«, fragte ich.

Seine Augen schienen einen winzigen Moment lang beinahe aufzuleuchten. Er nickte und nahm seine schwarze Mütze ab.

»Miss Faulkner«, sagte er ernst. »Ich freue mich, Sie zu sehen.«

»Gleichfalls«, erwiderte ich. Falls ihm hier draußen in seiner Uniform heiß war, ließ er es sich nicht anmerken. Wieder einmal fragte ich mich, was ihn wohl dazu bewogen haben mochte, Butler zu werden. Allerdings kam es mir irgendwie unpassend vor, ihn darauf anzusprechen.

»Der junge Herr erwartet Sie in Ihrem Büro«, verkündete er.

»Dann gehe ich wohl mal besser und sehe nach, was er von mir will«, antwortete ich.

Er setzte seine Mütze wieder auf und nickte. »Auf Wiedersehen, Miss Faulkner.«

»Auf Wiedersehen, Mr Foxglove.«

Als ich in den Garten kam, wartete Waffles bereits ungeduldig, kaute auf seiner Unterlippe herum und betrachtete unser Haus wie jemand, der gerade den Fernseher eingeschaltet und dabei einen Zeichentrickfilm erwischt hatte, den er nicht leiden konnte. Dann entdeckte er mich und seine Miene hellte sich auf. »Ah, Nelle. Ich wollte dich gerade suchen gehen.«

»Wartest du schon lange?«

Er winkte ab, aber ich konnte sehen, dass ihm seine Haare verschwitzt an der Stirn klebten.

Er tat mir fast ein bisschen leid. »Komm rein«, sagte ich.

Er folgte mir ins Büro und stand erst mal nur da, kaute auf seiner Unterlippe herum und sah sich mit derselben missmutigen Miene wie zuvor um.

Ich nahm hinter meinem Schreibtisch Platz und wartete. Ich hatte es nicht eilig.

»Das ist also dein Büro?«, fragte er schließlich. Wer so anfing, war bei mir normalerweise gleich unten durch, aber bei ihm machte ich eine Ausnahme. Er betrachtete mein Bücherregal, doch ich war mir nicht sicher, ob er es überhaupt wahrnahm.

»Mhm.«

»Bisschen klein, oder?«

»Ich habe einen Schreibtisch und Stühle. Möchtest du dich vielleicht setzen, Mr McKenzie?«

»Du kannst ruhig Waffles sagen«, erwiderte er abwesend und nahm Platz. Ich musterte ihn über den Schreibtisch hinweg, wobei mir in den Sinn kam, dass das schon der zweite große Süßigkeitenschmuggler der Stadt war, der mich in dieser Woche aufsuchte. Der Erste war kurz danach verschwunden.

»Wie kann ich dir helfen, Waffles?«

Er holte eine Packung Schokolinsen aus der Tasche, öffnete sie und steckte sich eine Handvoll in den Mund. Dann bemerkte er meinen Blick und hielt mir die Packung hin. »Willst du?«

Ich winkte ab. Er wirkte in sich gekehrt und fast ein bisschen traurig. Ich musste an das letzte Mal denken, als ich ihn gesehen hatte: ganz allein auf seiner eigenen Geburtstagsparty, zu der nicht mal seine Eltern gekommen waren.

»Wegen dieses Feuers letzte Nacht«, fing er an.

»Ja.«

»Du warst da.«

»Ja.«

»Es hätten Menschen zu Schaden kommen können, Nelle!«, rief er. »Es *sind* Menschen zu Schaden gekommen.«

»Ich weiß.«

»Meine gesamte Ware ist dabei draufgegangen«, sagte er. Er steckte sich eine frische Portion Schokolinsen in den Mund, die klebrige Schokoladenspuren auf seiner Handfläche hinterließen. »Jetzt habe ich noch größere Schulden beim Candy-Konsortium und bei diesen Polizisten von der Prohibitionsbehörde.«

»Erzähl mir davon, Waffles«, bat ich sanft. Ich sah ihm an, dass er reden wollte. Ich musste bloß aufpassen, dass ich ihn nicht zu sehr bedrängte.

»Was gibt es da schon zu sagen, Schnüfflerin?«

»Erzähl mir, wie es dazu gekommen ist.«

»Wir sind doch hier nicht beim Kaffeekränzchen«, brummte er, zuckte dann jedoch mit den Schultern.

»Los ging es ungefähr sechs Monate, nachdem Thornton zum Bürgermeister gewählt worden und die Prohibition in Kraft getreten war«, berichtete er. »Am Anfang waren es bloß kleine Gelegenheitsschmuggeleien. Du weißt schon, die Leute verlassen die Stadt, um Verwandte zu besuchen oder in Urlaub zu fahren oder auch nur für einen kurzen Ausflug, und bringen die dort gekauften Süßigkeiten mit zurück. Wenn sie Kinder dabeihatten, haben die meistens ihr gesamtes Taschengeld für Süßkram auf den Kopf gehauen. Wieder zu Hause stellten sie fest, dass sie das alles gar nicht allein aufessen konnten, und vertickten den Rest an ihre Freunde in der Schule.«

»Klar«, sagte ich. »Das ergibt Sinn.«

»Wie es weiterging, kannst du dir ja selbst denken. Manche Kinder kommen leichter an Nachschub als andere. Vielleicht lebt ein Elternteil in einer anderen Stadt oder sie fahren regelmäßig nach Bay City, um ihre Oma zu besuchen, so was halt. Und vielleicht haben diese Kinder umgekehrt nicht so viel Geld. Mit der Zeit sind so erste kleine Banden entstanden. Zuckerclubs. Jemand streckt einen gewissen Betrag vor, von dem jemand anderes dann außerhalb der Stadt Süßigkeiten kauft, hierher mitbringt und unter der Hand weiterverkauft. Gegen Aufpreis, versteht sich, der Aufwand muss sich ja auch lohnen. Während die Sache größer und größer wird, fangen die Banden an, sich untereinander zu bekriegen. Die Rosinengang, die Bonbonbrigade, die Schokoholiker – alles Banden, die im kleinen Kreis in der Schule oder unter Nachbarn entstanden sind und die nun um die Vorherrschaft in der Stadt kämpfen.«

»Verstehe«, sagte ich. »Aber wie kommst du ins Spiel?«

»Ich war nur ein kleiner Fisch, Schnüfflerin. Doch ich hatte große Träume. Ich war immer einer von denen, die versucht haben, die Kontrolle zu übernehmen. Dabei bin ich immer wieder auf neue Probleme gestoßen: Zum einen gab es da, wie du sicher weißt, diese neue Abteilung bei der Polizei, die Prohibitionsbehörde. Die haben angefangen, die Wege zu blockieren, auf denen die Süßigkeiten in die Stadt gekommen sind. Plötzlich wurden alle meine Kuriere an der Stadtgrenze abgefangen. Die Süßigkeiten wurden beschlagnahmt und den Eltern wurde mit heftigen Strafen gedroht, wenn sie mit irgendwelchem Süßkram im Auto erwischt wurden. Mit Geldbußen, vielleicht sogar Schlimmerem. Kurz gesagt, Schnüfflerin – ich hatte ein Problem.«

Interessiert beugte ich mich vor. »Und was hast du dann gemacht?«

»Das ist eine gute Frage.«

»Ja, und?«

»Ich habe gar nichts gemacht, Schnüfflerin. Aber dann bekam ich eines Tages einen Anruf. Du weißt schon … sei an dem und dem Tag um die und die Zeit an dem und dem Ort. Und na ja, mein Dad war damals nicht viel zu Hause, wegen der Arbeit und allem.

Also fuhr mich mein Chauffeur nach Bay City, wo man Süßigkeiten, wie du sicher weißt, einfach überall kriegt …«

»Wo jeden Tag Weihnachten ist und es Cola regnet und Schokolade an den Bäumen wächst?«

»Genau. Und vielleicht, ganz vielleicht war ich ein winziges bisschen nervös, weil ich nicht wusste, *wer* mich da angerufen hatte. Ich wusste nur, dass die Stimme etwas beängstigend geklungen hat, aber vielleicht, ganz vielleicht hatte ich so ein Gefühl …«

»Dass sich dein Glück bald wenden würde?«

»Richtig. Also bin ich hingefahren und die Frau am Telefon entpuppte sich als Madame Sosotris von Sosotris' Süßes und Saures.«

»Was du nicht sagst …«

»Bei ihr waren die Gebrüder Soufflé, Edmonton St. Nougat, Borschtsch und Benny Bonbon von Bonbon & Sohn – Das Bonbon für den erlesenen Geschmack.«

»Der, bei dem man sich die Süßigkeiten nach eigenen Wünschen herstellen lassen kann?«

»Ganz genau der.«

»Die fünf Familien …«, sagte ich.

»Nur dass sie sich jetzt zu einer gemeinsamen Organisation zusammengeschlossen hatten«, erwiderte er. »Und die nennt sich …«

»Das Candy-Konsortium?«

»Ja.«

»Aber das sind *Erwachsene*«, warf ich ein. »Das ist mehr, als bloß ein bisschen Süßkram für andere Kinder zu beschaffen. Das ist eine *richtig große* Sache, Waffles.«

»Ach, na ja«, entgegnete er. »Ich kenne diese Art von Leuten ja. Meine Familie ist auch reich.«

Dem konnte ich nicht widersprechen.

»Was ist dann passiert?«

»Sie haben mir ein Angebot unterbreitet«, antwortete er leise und ohne mich anzusehen.

Ich hakte nach: »Ein Angebot, das du nicht ausschlagen konntest?«

»Mhm.«

»Aber du *wolltest* es auch gar nicht ausschlagen, hab ich recht, Waffles?«

»Sie haben mir Süßigkeiten angeboten, Nelle. So viel Schokolade, wie ich nur essen kann! So viele Süßigkeiten, wie ich nur verkaufen kann! Sämtliche Eiscreme auf der ganzen Welt. Und Gratiswaffeln!«

»Und mit einem Schlag waren all deine Lieferprobleme beseitigt.«

»Na ja, das stimmt nicht ganz.« Waffles lächelte schief und es wirkte fast ein bisschen traurig. »Ich musste die Sachen ja immer noch irgendwie in die Stadt kriegen und da war immer noch die Prohibitionsbehörde …«

»Erzähl«, bat ich.

»Ich fuhr zurück nach Hause und kurz darauf ging es los, genau wie sie gesagt hatten. Die Lastwagen kamen angefahren, bis vor die Stadtgrenze. Das Konsortium verstößt also nicht direkt gegen das Gesetz. Es liefert die Süßigkeiten nicht selbst in die Stadt. Das ist meine Aufgabe – und für mich arbeiten genug Kinder, um die Ladung eines Lastwagens innerhalb weniger Minuten verschwinden zu lassen.«

»Ich weiß«, sagte ich. »Das habe ich mit eigenen Augen gesehen.«

»Du warst fleißig, Schnüfflerin.«

»Das gehört zu meinem Job«, erwiderte ich.

»Soll ich weitererzählen oder willst du?«, fragte er herausfordernd.

»Nein, nein, bitte mach weiter«, antwortete ich.

»Danke. Gut, von dem Moment an kommen also die Lkw. Mein … *Imperium* wird größer und größer und wie sich herausstellt, lassen diese beiden Polizisten von der Prohibitionsbehörde, Tidbeck und Webber, durchaus mit sich reden. Vermutlich haben sie auch einen Deal mit dem Candy-Konsortium. Die beiden sorgen also dafür, dass alles glattläuft, und bekommen im Gegenzug einen Anteil der Einnahmen. Ich meine, wer könnte sie schon daran hindern? Letzten Endes interessiert es doch keinen. Sind ja bloß Kinder. Ist ja bloß Süßkram. Und das Gesetz ist sowieso total bescheuert.«

»Mag sein, dass es bescheuert ist«, warf ich ein. »Aber Gesetz ist Gesetz.«

»Wenn du meinst.«

»Das heißt, die anderen Banden können nicht mehr mit dir mithalten und lösen sich entweder auf oder … werden dazu gezwungen, mit dir zusammenzuarbeiten. Richtig?«

»Vollkommen richtig, Schnüfflerin.«

»Aber es haben noch nicht *alle* aufgegeben«, erwiderte ich sanft. »Hab ich recht, Waffles?«

»Ja«, knurrte er widerstrebend.

»Eddie nicht.«

»Nein …«

»Aber wie kann das sein, Waffles? Wenn das Candy-Konsortium exklusiv mit dir zusammenarbeitet – *woher kriegt Eddie dann seine Süßigkeiten?*«

Waffles lächelte bitter und zuckte mit den Schultern.

»*Das*«, sagte er, »ist eine wirklich gute Frage.«

Kapitel 19

Bevor er ging, lud mich Waffles zu einer Party bei ihm zu Hause ein. Seine Eltern waren aus dem Skiurlaub zurück und veranstalteten ein Fest, um Spenden für den Wahlkampf des Bürgermeisters zu sammeln. »Vielleicht kannst du dort noch was lernen«, verkündete er kryptisch.

Der Bürgermeister. Im Kopf versuchte ich, die Fakten zusammenzusetzen, die ich bisher gesammelt hatte. Soweit ich das sehen konnte, steckte das Candy-Konsortium hinter alldem. *Sie* hatten sich für die Prohibition eingesetzt. *Sie* profitierten davon, dass Süßigkeiten bei uns jetzt illegal waren. *Sie* stützten den Bürgermeister.

Oder doch nicht? Tidbeck und Webber hatten deutlich gemacht, dass sie irgendeine Art Vereinbarung mit dem Konsortium hatten, und von Detective Levene wusste ich, dass sie direkt dem Büro des Bürgermeisters unterstanden. Aber *wusste* der Bürgermeister von dieser Vereinbarung? Oder war er unschuldig und hatte tatsächlich nur die Gesundheit der Stadt im Sinn? Konnte der *Bürgermeister* darin verwickelt sein? Reichte die Schokoladenverschwörung wirklich bis hinauf in politische Ebenen?

Das wollte ich nicht glauben.

Nur war es am Ende egal, was ich glauben wollte oder nicht. Ich brauchte schlichtweg noch mehr Informationen. Ich beschloss, als Erstes die Bibliothek aufzusuchen, weil ich wusste, dass ich Zuckerschnute dort finden würde.

Bobby war überzeugt, dass Mary Ratchet das Feuer gelegt hatte, aber wie ich es auch drehte und wendete, für mich ergab das keinen Sinn. Es stimmte, dass Zuckerschnute die halbe Stadt drangsalierte, aber bedeutete das automatisch, dass sie auch imstande war, Mr Singhs Geschäft abzufackeln? Irgendwas daran kam mir nicht ganz stimmig vor und ich wollte mehr herausfinden.

Ich beschloss, zu Fuß zu gehen. Ich hatte keine Lust, mir mein Fahrrad schon wieder demolieren zu lassen. Es war ein angenehmer Sommermorgen, warm, aber nicht zu warm, und aus irgendeinem Grund fühlte ich mich trotz der Ereignisse der vergangenen Tage gut.

Das ging so weit, dass ich sogar ein kleines Liedchen vor mich hinpfiff, als ich durch die Altman Street lief und die Stille und den Schatten der üppigen alten Bäume genoss.

Dabei merkte ich zu spät, dass etwas in der Luft lag. Es war ein bisschen *zu* still. Ich hatte die Bibliothek beinahe erreicht, als sie plötzlich hinter den Bäumen hervorsprangen.

Die Naschkatzen.

Daisy, Rosie und die kleine May.

»Was wollt ihr?«, fragte ich.

Sie bauten sich im Halbkreis um mich auf. Es stand drei gegen eins, und jedes Mal, wenn ich versuchte zu entkommen, stellte sich mir eine von ihnen in den Weg. Dabei grinsten sie wie Haie, die das Blut ihres Opfers gewittert hatten.

Mir schlug das Herz bis zum Hals und meine Handflächen waren schweißnass. Ich trat einen Schritt zurück und spürte prompt ein Paar Hände in meinem Rücken. Lachend versetzte Rosie mir einen Schubs. Daisy grinste und schubste mich zurück, und dann schubsten mich die beiden zwischen sich hin und her, während die kleine May neben uns auf und ab hüpfte, als hätte sie eine Überdosis Süßigkeiten intus.

»Wir haben dir … doch gesagt … du sollst dich … fernhalten!«, schnaubte Daisy.

»Du sollst uns in Ruhe lassen, Nelle!«, rief Rosie. Sie klang beinahe frustriert.

»Ich will mit Zuckerschnute reden«, erklärte ich.

»Tja, das kannst du aber nicht! Sie will dich nämlich nicht sehen!«

»Ihr könnt mich nicht daran hindern, in die Bibliothek zu gehen«, protestierte ich.

»Wir haben gesagt … du sollst … dich aus unserem … Revier … raushalten!«

»Hör auf, deine Nase in fremde Angelegenheiten zu stecken!«, forderte Daisy.

»Genau! Genau!«, krähte May.

»Habt *ihr* den Laden angezündet?«, fragte ich. So herumgeschubst zu werden, war eigentlich gar nicht so schlimm. Jedenfalls versuchte ich, mir das einzureden.

»Warum … sollten wir … das tun?«, entgegnete Daisy.

»Weil ihr … den Süßigkeitenhandel …« Inzwischen war ich ziemlich außer Atem und musste immer wieder Pausen einlegen, um Luft zu holen. »… übernehmen wollt.«

»Glaubst du etwa, wir werden nicht mit zwei kleinen Jungs fertig?«, höhnte Daisy. »Waffles und de Menthe – steck die beiden zusammen und raus kommt … was *Eeeekliges!«* Zeitgleich mit dem Ende ihres Satzes gab sie mir einen kräftigen Stoß, während Rosie lachend beiseitetrat. Da mich niemand mehr auffing, fiel ich hin und rollte über den Boden. Alles, was ich sehen konnte, waren die niedlichen kleinen Schühchen an Mays Füßen, die vor meinen Augen herumhüpften, immer auf und ab, auf und ab.

Dann schlenderten die drei lachend zur Bibliothek zurück.

Ich rappelte mich mühsam auf und klopfte mir den Staub von den Sachen.

»Wir sehen uns wieder!«, brüllte ich ihnen hinterher. Mein Herz klopfte immer noch wie wild und nach Pfeifen war mir auch nicht mehr zumute. Aber immerhin war ich heil geblieben und hatte mir nicht allzu schlimm wehgetan. Wer an den Honig will, muss damit rechnen, gestochen zu werden. Einen Bienenschwarm scheucht man nicht ungestraft auf. Das war nicht schön, aber es gehörte nun mal zum Detektivsein dazu. Die ganze Sache hatte vielleicht als Spiel begonnen, aber Erwachsenwerden war eine ernste Angelegenheit – genau wie der Süßigkeitenhandel.

Kapitel 20

Ein schwarzes Auto rollte durch die Altman Street. Ich fragte mich, wie lange es wohl schon in der Nähe gewesen war. Es schien, als hätte der Fahrer alle Zeit der Welt.

Mit finsterem Blick verfolgte ich, wie es auf mich zukam und dann anhielt. Ich rechnete bereits mit den vertrauten Gesichtern von Detective Tidbeck und Detective Webber, deswegen war ich umso überraschter, als das Fenster herunterglitt und die Fahrerin mich anlächelte.

»Nelle Faulkner, nehme ich an?«, fragte sie.

Ihre Stimme kam mir bekannt vor, auch wenn mir nicht gleich einfiel, woher. Sie hatte braunes Haar, ein nettes Lächeln und einen Tonfall, der nach Polizistin klang.

»Wir haben neulich miteinander gesprochen«, sagte

sie. »Ich muss gestehen, es war gar nicht so leicht, dich zu finden.«

»Sie sind diese Polizistin, mit der ich telefoniert habe.« Jetzt dämmerte es mir. Ich erinnerte mich, wie ich auf dem Revier angerufen hatte.

»Suzie Levene«, bestätigte sie.

»Wie haben Sie mich gefunden? Ich habe Ihnen meinen Namen doch gar nicht verraten.«

»Ich bin Polizistin, es ist mein Job, Leute zu finden.«

»Auch wieder wahr«, räumte ich ein und sie lächelte. Es schien ihr leichtzufallen.

»Was wollen Sie, Detective Levene?«, fragte ich. Jetzt war auch der letzte Rest guter Laune verflogen, wie der flüchtige Dampf aus einer Tasse heißer Schokolade.

»Können wir uns unterhalten?«, entgegnete sie.

»Worüber?«

»Du hast auf dem Revier angerufen«, antwortete sie. »Ich habe mich gefragt, warum.«

»Verwählt?«, erwiderte ich.

Sie lachte. »Netter Versuch.«

»Hören Sie, Detective Levene …«

»Du kannst gerne Suzie zu mir sagen.«

»*Detective* Levene«, beharrte ich stur. »Ich kann auf mich selbst aufpassen.«

»Ich möchte wissen, warum du auf dem Revier angerufen und nach Detective Tidbeck gefragt hast«, sagte sie. Jetzt lächelte sie nicht mehr.

»Warum?«

»Weißt du, Nelle«, sie kniff sich in die Nasenwurzel, als wolle sie heraufziehende Kopfschmerzen zurückdrängen, »wir sind nicht alle wie Tidbeck und Webber.«

»Sie sorgen für die Einhaltung der Prohibition.«

»Weil es das Gesetz ist.«

»Aber das ist nicht *fair!*«, protestierte ich.

»Das Leben ist nun mal nicht immer fair«, hielt sie dagegen. Ich funkelte sie böse an.

»Sieh mal, Nelle, es ist ein Unterschied, ob man dafür sorgt, dass ein Gesetz eingehalten wird, weil es das Gesetz ist, oder ob man für sich selbst einen Nutzen daraus zieht. Nach deinem Anruf habe ich ein paar Nachforschungen angestellt und ich war nicht gerade erfreut über das, was ich herausgefunden habe. Ich könnte deine Hilfe gebrauchen.«

»Warum interessiert Sie das?«, fragte ich. »Ist doch bloß Schokolade, oder? Das denken Sie doch?«

»Mag sein«, antwortete sie. »Und wenn es *wirklich* bloß Schokolade wäre, vielleicht … Ich vermute, deswegen sind sie so lange damit durchgekommen. Ich meine, wen kümmert das schon? Von daher ist es vielleicht auch meine Schuld, Nelle. Weil ich weggesehen habe. Oder gar nicht erst hingesehen. Und weißt du was? Klar könnte ich es einfach dabei belassen. Sind ja bloß *Kinder,* habe ich recht? Ich könnte einfach wieder weggucken, weil es ja nur um *Süßigkeiten* geht und ich schließlich richtige Verbrechen aufzuklären und echte Straftäter zu fassen habe.«

»Genau«, sagte ich.

»Doch dann verschwindet ein Junge und kurz darauf geht ein Geschäft in Flammen auf und plötzlich kann ich eben nicht länger weggucken, Nelle. Plötzlich ist es Teil meines *Jobs.«*

»Beeindruckender Vortrag«, entgegnete ich, »aber was hat das alles mit mir zu tun?«

Sie seufzte. Es war ruhig hier in dieser Gegend und ich konnte weit und breit niemanden sehen, aber das bedeutete nicht, dass uns niemand beobachtete.

»Ich möchte dir helfen, Nelle«, sagte sie. »Vielleicht kannst du mir auch helfen.«

»Wie?«, fragte ich.

»Sag mir, was du über Tidbeck und Webber weißt. Was sie machen.«

»Ich weiß von nichts«, antwortete ich.

Sie seufzte wieder. »Du hältst dich wohl für besonders stark, Nelle?«

»Nein«, erwiderte ich wahrheitsgemäß. Ich traute ihr bloß nicht, obwohl ich es gerne wollte.

Vielleicht sah sie mir das an.

»Ich werde jetzt nicht davon anfangen, dass du mich ein bisschen an mich selbst erinnerst, als ich in deinem Alter war«, sagte sie. »Obwohl das sogar stimmt … Hör zu, Nelle, ich möchte wirklich nur helfen. Dein Freund Eddie ist verschwunden. Willst du ihn denn nicht finden?«

Waren Eddie und ich überhaupt Freunde? Gute Frage, das konnte ich gar nicht so genau sagen. Aber finden wollte ich ihn auf jeden Fall, so oder so.

»Er könnte in echten Schwierigkeiten stecken«, fuhr Suzie Levene fort. »Und wenn Webber und Tidbeck auch noch hinter ihm her sind … sagen wir, ich würde nicht gerne in seinen Schuhen stecken, Nelle.«

»Also gut.« Ich holte tief Luft. »Vielleicht können wir einander ja wirklich helfen. Aber dafür müssen Sie etwas für mich rausfinden.«

»Was?«, fragte sie.

»Ich muss mehr über Mr Farnsworth wissen.«

»Den von der Schokoladenfabrik?«

»Ja.«

»Du glaubst, er steckt in der ganzen Sache mit drin?«

»Ich bin mir nicht sicher, aber ich halte es zumindest für möglich«, antwortete ich finster. »Das versuche ich gerade rauszukriegen.«

»Wie es der Zufall will, habe ich tatsächlich schon ein paar Nachforschungen über ihn angestellt«, sagte sie. »Aus reiner Neugier. Aber ich konnte absolut nichts finden. Es gibt keine Akte über ihn, er hat keinen Führerschein, kein Bankkonto, keine Wohnadresse. Es ist, als würde er gar nicht existieren.«

»Aber das tut er«, beteuerte ich.

»Klar, irgendwo bestimmt. Nur ist er nirgends gemeldet.«

»Ist das überhaupt möglich?«

Sie lachte trocken. »Sollte es nicht sein, ist es anscheinend aber doch.«

»Finden Sie das nicht merkwürdig?«, fragte ich.

Sie sah mich nachdenklich an. »Ja«, sagte sie schließlich. »Sehr sogar. Aber nach allem, was ich weiß, hat er kein Verbrechen begangen.«

»Was ist mit den anderen Chocolatiers?«, erkundigte ich mich. »Die aus Bay City? Wissen Sie irgendwas über die?«

Sie zuckte mit den Schultern. »Nicht gerade viel, obwohl ich über sie ebenfalls ein paar Nachforschungen angestellt habe. Ich weiß, dass Madame Sosotris in Detroit geboren wurde, dass die Gebrüder Soufflé in Wahrheit keine Brüder, sondern Cousins sind, dass Edmonton St. Nougat in *Prominente und ihre Gesichter* angibt, seine Hobbys seien ›Gärtnern, klassische Musik und das Sammeln antiker Harpunen‹, und dass Borschtsch eine Art Rote-Bete-Suppe ist. Zumindest glaube ich das.«

»Rote-Bete-Suppe?«, wiederholte ich.

»Möglicherweise.« Sie klang selbst nicht ganz überzeugt.

»Im Grunde haben Sie also nichts?«, hakte ich nach.

»Ich bin Polizistin, Mädchen, keine Zauberin«, antwortete sie. »Was ist mit dir? Was kannst du mir sagen?«

Ich fragte mich, inwieweit ich ihr vertrauen konnte.

Um ehrlich zu sein, war ich immer noch nicht sicher, ob ich es überhaupt konnte. Allerdings hatte ich kaum eine andere Wahl. Irgendjemandem musste ich mich anvertrauen. Suzie Levene wirkte zumindest ehrlich und was sie sagte, hatte Hand und Fuß. Also holte ich tief Luft, zählte in Gedanken bis zehn und beschloss, das Risiko einzugehen.

Ich schilderte ihr, was Waffles mir berichtet hatte. Als ich fertig war, sah sie ziemlich beunruhigt aus.

»Ich glaube, den Rest solltest du lieber mir überlassen«, meinte sie.

»Und was wollen Sie unternehmen?«, fragte ich.

»Das weiß ich noch nicht. Aber ich weiß, dass du dich da besser raushalten solltest.«

»Versuchen Sie gerade, mich von meinem eigenen Fall abzuziehen?«

»Das hier ist nicht mehr *dein* Fall, Nelle! Das ist kein Spiel. Wenn du groß bist, kannst du dich bei der Polizei bewerben und wenn du genommen wirst, durchläufst du eine mehrjährige Ausbildung zur Polizistin. Du musst hart arbeiten und weitere Fortbildungen und Prüfungen bestehen und erst *dann* kannst du Detective werden.«

»So wie Sie«, sagte ich.

»Genau.«

»Wie Tidbeck und Webber?«

Sie schwieg einen Moment, bevor sie erwiderte: »In jeder Herde gibt es ein paar schwarze Schafe.«

»Selbst nach so einer langen *Ausbildung?«*, fragte ich. »Und den ganzen *Prüfungen?«*

»Jetzt drehst du mir die Worte im Mund um.«

»Ich bin vielleicht erst zwölf, Detective Levene, aber das heißt nicht, dass ich mich wie ein kleines Kind behandeln lasse.«

Wieder schwieg sie. Schließlich lachte sie und es klang ein bisschen verlegen. »In Ordnung«, sagte sie. »Tut mir leid.«

»Kein Problem«, meinte ich. »Falls es hilft: Ich verspreche, dass ich versuchen werde, nicht in Schwierigkeiten zu geraten.«

»Na, das nenne ich mal ein Versprechen«, schmunzelte sie. »Was hast du denn jetzt vor?«

Ich hielt es für besser, die Bibliothek fürs Erste zu meiden. Aber es gab ja auch noch andere Spuren, denen ich nachgehen konnte.

»Ich dachte, ich könnte mal bei Eddies Großmutter vorbeifahren«, antwortete ich.

»Das klingt doch einigermaßen harmlos«, sagte Detective Levene und es hörte sich fast ein bisschen erleichtert an.

Kapitel 21

Der Falcon Drive war eine lange, schmale Straße, die zu beiden Seiten von klotzigen Apartmenthäusern gesäumt wurde. Auf einem Kinderspielplatz schwang ein kleines Mädchen auf einer Reifenschaukel hin und her, während zwei kleine Jungs mit Stöcken ein Duell ausfochten.

Ich fühlte die Blicke regelrecht auf mir, die mich durch die verhangenen Fenster verfolgten. Ab und zu sah ich, wie sich ein Vorhang bewegte, doch es zeigte sich niemand. In der Ferne war eine Polizeisirene zu hören, deren Klang abrupt abbrach. Die Häuser waren alt und heruntergekommen und an einer der Wände hing ein großes Schild, auf dem stand, dass der gesamte Block demnächst von Thornton-Bau renoviert werden sollte. Das Bild darauf hatte ich schon mal gesehen: am Zaun um den Spielplatz in der Malloy Road. Es war das, auf dem Bürgermeister Thornton lächelnd, mit einem gelben Schutzhelm auf dem Kopf, im Kran saß.

Es war still, aber es war eine wachsame Stille. Meine Schritte kamen mir unnatürlich laut vor und dementsprechend erleichtert war ich, als ich endlich den Hauseingang erreicht hatte.

Ich drückte auf die Klingel und wartete. Als keine Antwort kam, klingelte ich noch mal und ließ den Finger auf dem Knopf liegen, bis ich hörte, wie jemand den Hörer der Gegensprechanlage abnahm, fallen ließ, aufhob und schließlich mit wütender Stimme fauchte: »Was? Wer ist da?«

»Mrs de Menthe? Mein Name ist Nelle. Ich komme wegen Ihres Enkels.«

Ich hörte, wie sie in den Hörer schnaufte. »Wer hat dich geschickt?«, fragte sie.

»Niemand«, antwortete ich überrascht.

»Wie war dein Name noch gleich?«

»Nelle. Nelle Faulkner.«

Das Schnaufen im Hörer war nach wie vor zu hören, während sie wahrscheinlich nachdachte. Ich trat von einem Fuß auf den anderen und wünschte mir inständig, endlich von der Straße wegzukommen.

»Komm hoch«, sagte sie schließlich, worauf ein elektrisches Summen ertönte. Ich drückte die Tür auf und trat ein.

Im Treppenhaus war es dunkel und es roch nach gekochtem Kohl. Die Treppe war mit Teppichboden ausgelegt, der allerdings ziemlich schmutzig und ausgetreten war. Vorsichtig stieg ich die Stufen bis in den dritten Stock hinauf und klopfte dann an die Tür.

»Ja, ja, ich komme ja schon«, murrte die wütende Stimme. Ich hörte Schritte im Inneren der Wohnung, dann ging die Tür auf. Eddies Großmutter war alt und stand in gebeugter Haltung, mit Lockenwicklern im bläulich weißen Haar, vor mir. Sie sah mich mit riesigen schokoladenbraunen Augen durch ihre dicken Brillengläser hinweg an.

»Was willst du?«

»Ich hatte gehofft … Kann ich reinkommen?«

»Wie war dein Name noch mal?«

»Nelle Faulkner!«, rief ich.

»Kein Grund, laut zu werden, Mädchen«, schimpfte sie. »Faulkner, Faulkner.« Dann wurde ihr Blick sanfter und ich erkannte, dass sie weder wütend noch verwirrt war, sondern einfach nur sehr besorgt.

Sie hielt mir die Tür auf und ich trat ein. Im Gegensatz zum Treppenhaus war die Wohnung hell und gemütlich. Die Möbel waren alt, aber gepflegt, und über allem lag der Duft von etwas Leckerem, das gerade im Ofen brutzelte.

Ich folgte ihr ins Wohnzimmer. Die Wände waren

von oben bis unten voller Fotos. Die meisten davon zeigten Eddie: Eddie als Baby. Eddie als kleiner Junge bei den ersten Schaukelversuchen mit einem großen Mann – wahrscheinlich sein Vater. Eddie barfuß am Strand, wie er lachend die Füße in den Sand gräbt. Eddie mit seiner Großmutter irgendwo auf einer Klippe, während sich im Hintergrund drachenähnliche Wolken auftürmen. Eddie mit …

»Du bist eine Freundin von Eddie?«

Ich starrte weiter das Foto an. Sie bemerkte es und lächelte. »Jetzt erinnere ich mich an dich«, sagte sie. »Ihr habt früher, als ihr klein wart, zusammen gespielt.«

»Das höre ich andauernd. Aber ich kann mich nicht daran erinnern.«

»Bilder lügen nicht«, erwiderte sie zufrieden.

Auf dem Bild saß Eddie mit einem kleinen, konzentriert dreinblickenden Mädchen im Sandkasten.

Das Mädchen war ich.

»Er hat immer nur Gutes über dich gesagt, weißt du?«, fuhr Mrs de Menthe fort. »Dein Dad und sein Dad haben damals zusammen in der Fabrik gearbeitet.«

Die Fabrik. So nannten wir sie. Wir mussten nie dazusagen, *welche* Fabrik. Für uns, für alle in der Stadt, gab es nur die eine.

Ich konnte mich nicht von dem Foto losreißen. Eddie sah glücklich darauf aus. Und ich auch. Wir mussten etwa drei oder vier Jahre alt gewesen sein. Mrs de Menthe verschwand in der Küche und ich konnte sie darin herumhantieren hören. Ich sah mir das Foto noch mal genauer an. War das wirklich der Grund, weshalb er zu mir gekommen war? Mich überkam ein schlechtes Gewissen, auch wenn ich nicht wusste, warum. Er hatte mir vertraut. Ich wollte ihn nicht enttäuschen.

»Wissen Sie, wo er ist?«

»Wie bitte, Liebes?« Sie kam mit einem Tablett in der Hand ins Wohnzimmer. »Kannst du mir mit den Getränken helfen?«, fragte sie. Ich nahm das Tablett entgegen und setzte es vorsichtig auf dem niedrigen Couchtisch ab. Ihre Hände zitterten, was sie zu verbergen versuchte.

»Bitte, bitte«, forderte sie mich auf. »Trink nur.«

Ich starrte den Tisch an.

Auf dem Tablett standen zwei Tassen mit heißer Schokolade und ein Teller Knusperwaffeln. Die heiße Schokolade war mit Schlagsahne und halb geschmolzenen Marshmallows garniert. Es war die Sorte Getränk, die verboten gehört hätte, wenn sie das nicht schon längst gewesen wäre. Mrs de Menthe hielt sich offensichtlich nicht ans Gesetz. Vielleicht erklärte das die Einstellung ihres Enkels.

Ich nahm einen Schluck. Es war, als würde ich in ein Bad aus warmem, flüssigem Zucker gleiten.

»Wissen Sie, wo er ist? Eddie, meine ich?«

Mrs de Menthe schüttelte den Kopf. »Er kommt schon zurecht«, versicherte sie – auch wenn es klang, als würde sie vor allem sich selbst überzeugen wollen.

Ich nahm einen weiteren Schluck und biss in ein Marshmallow. Ich konnte nicht anders. Es war köstlich.

»Eddie hat bei Ihnen gelebt?«, erkundigte ich mich.

»Er hat sonst niemanden«, erwiderte sie traurig.

Meine Nase verschwand in meiner Tasse, weil ich nicht wusste, was ich darauf sagen sollte.

»War die Polizei schon hier?«, fragte ich schließlich.

Sie machte eine wegwerfende Handbewegung. »Zwei Polizisten mit schlechten Manieren und noch schlechterem Kleidungsstil«, antwortete sie. »Die tauchen andauernd hier auf, stellen Fragen und schnüffeln herum, aber ich glaube nicht, dass sie meinem Enkel etwas Gutes wollen.«

»Ein Mann und eine Frau?«, hakte ich nach.

»Ja.«

»Webber und Tidbeck«, seufzte ich. »Die waren auch bei mir zu Hause und haben Fragen gestellt.«

»Er ist zu schlau für sie«, sagte Mrs de Menthe. Aber ich konnte sehen, dass sie es eher hoffte als wirklich glaubte. In Wahrheit hatte sie Angst. Sie machte sich Sorgen um Eddie.

Ich auch.

Ich nahm eine der schokoladenüberzogenen Knusperwaffeln vom Teller und steckte sie in den Mund.

Ich hatte den Geschmack schon beinahe vergessen – auch wenn man eine Schokowaffel aus dem Hause Farnsworth niemals vergaß. Nicht wirklich.

Er erinnerte mich an die offenen Fabriktore und an meinen Dad, der mit den anderen Arbeitern herauskam und lächelnd die Arme ausbreitete, als er mich sah. An die Sonne, die fröhlich auf eine Welt herabstrahlte, die nach frischer Schokolade duftete. An Tage, die unendlich schienen, ohne dass auch nur ein Wölkchen den Himmel trübte.

»Woher *haben* Sie die?«, fragte ich, als ich wieder sprechen konnte. Mrs de Menthe sah mich verständnislos an.

»Die Schokowaffeln? Aus der Küche.«

»Darf ich mal sehen?«

Ohne ihre Antwort abzuwarten, sprang ich auf und lief in die Küche.

Alles war voller Kisten. Sie stapelten sich auf dem Fensterbrett und vor den Schränken, auf dem Kühlschrank und unter der Spüle. Einige lugten sogar hinter einer offenen Schranktür hervor. Es waren schlichte Pappkartons ohne Aufdruck. Ich griff nach dem, der offen auf dem Küchentresen stand.

Schokoriegel. Er war voll mit Schokoriegeln. Sie waren alle in einfacher Silberfolie verpackt, ohne einen Markennamen darauf. Ohne zu fragen, nahm ich einen heraus, riss die Folie auf und biss hinein. Zart schmelzende Schokolade, knusprige Waffel – himmlisch.

Es war ein echter Farnsworth.

Alles hier war von Farnsworth.

»Wie?«, fragte ich, den Mund voller Schokokrümel. Mrs de Menthe kam aus dem Wohnzimmer, blieb jedoch auf der Türschwelle stehen und sah mich traurig an.

»Die gehören Eddie, er bewahrt einen Teil davon hier auf. Ich weiß, es ist nicht ganz legal, aber es ist doch bloß ein bisschen Schokolade, Nelle. Die schadet doch keinem.«

»Nein, ich meine …« Ich brach ab, den Schokoriegel schon auf halbem Weg zum Mund. »Das ist *Farnsworth*-Schokolade«, betonte ich.

»Ach ja?« Meine Enthüllung rief keine besondere Reaktion hervor.

»Die Fabrik ist seit drei Jahren zu!«

»Jetzt, wo du es sagst: Sie schmecken tatsächlich ein bisschen alt«, erwiderte Mrs de Menthe.

Ungläubig starrte ich die Kisten an. Konnte das sein?

Ich dachte an mein Gespräch mit Detective Levene.

An den schwer zu fassenden Mr Farnsworth.

Endlich schienen sich die Puzzleteile zu einem Bild zusammenzufügen.

Kapitel 22

Der Teddy. Es schien alles auf den Teddy hinauszulaufen. Er war die Verbindung zu Farnsworth, der Beweis für … was?

Wer den Teddy fand, würde auch Farnsworth finden.

Farnsworth versteckte sich direkt vor unserer Nase. Er war derjenige, von dem Eddie seine Waren bezog. Es war *seine* Schokolade, die auf dem Spielplatz verkauft wurde, und es waren *seine* Süßigkeiten, die mit denen vom Candy-Konsortium konkurrierten. *Er* stand im Zentrum des großen Ganzen. Farnsworth hatte den Schokoladenkrieg noch nicht aufgegeben.

Wie hatte mir das die ganze Zeit entgehen können? Allerdings hatte ich Eddies Schokolade auch nie probiert. Als Anouk mir bei meinem Besuch auf dem Spielplatz etwas Süßes angeboten hatte, hatte ich abgelehnt. Bestimmt wussten außer mir längst *alle*, dass

Eddie einen Vorrat an Farnsworth-Schokolade besaß – oder? Das erklärte zwar immer noch nicht, *woher* diese Schokolade kam, doch zumindest hatte ich jetzt endlich den Beweis, dass ich mit meiner Vermutung richtiglag. Farnsworth hatte die Stadt nie verlassen. Er war der Schlüssel zu allem.

Als ich Mrs de Menthes Wohnung verließ, war die Gegend noch genauso still und verlassen wie zuvor und ich konnte wieder die aufmerksamen Blicke der Anwohner spüren, die mich hinter ihren Vorhängen versteckt beobachteten. Auch auf dem Spielplatz war jetzt niemand mehr zu sehen, obwohl eine der Schaukeln noch sanft hin- und herschwang, als habe bis gerade eben jemand darauf gesessen und sei dann in größter Eile weggelaufen.

Ich hörte, wie der Motor eines Autos angelassen wurde, aber ich lief weiter. Ich hatte mein Fahrrad in einiger Entfernung zu Mrs de Menthes Haus abgestellt. Als ich die Stelle erreichte, schlug mir das Herz bis zum Hals, aber zu meiner Erleichterung war es immer noch da. In dem Moment, als ich die Hand nach dem Schloss ausstreckte, heulte ganz in der Nähe ein Automotor auf, gleich hinter den Bäumen. Ich zuckte erschrocken zusammen. Dann jaulte auch noch die Sirene los, ein schrilles Kreischen, das die Stille zerriss und in ihren Grundfesten erschütterte.

»So schnell sieht man sich wieder, Miss Faulkner.«

»Detective Tidbeck.« Ich rang mir ein Lächeln ab. »Was für eine nette Überraschung.«

Beide Polizisten stiegen aus und bauten sich vor mir auf. Webber machte ein finsteres Gesicht.

»Du steckst deine Nase ja wirklich überall rein, Mädchen«, knurrte er. »Wo auch immer uns unsere Arbeit als Gesetzeshüter hinführt, bist du schon da. Schnüffelst rum … und schreckst nicht mal davor zurück, die alte Mrs de Menthe zu belästigen. Sie wünscht sich *sehnlichst*, dass wir ihren Enkel finden, weißt du?«

»Schon klar.«

»Und die Gestalten, mit denen du dich abgibst …«, fuhr er fort. »Haben ja nicht gerade den besten Ruf, wenn ich das so sagen darf. Du steckst deine Nase in unsere Angelegenheiten, Mädchen, und das gefällt mir nicht.«

»Was für Angelegenheiten sind das genau?«, fragte ich.

»Tu nicht so unschuldig.« Er funkelte mich böse an. »Wir wissen, dass du ihn hast.«

»Dass ich wen habe?«

»Den Teddy. Wir wollen den Teddy, Mädchen. Wir haben genug von deinen Spielchen.«

Ich hatte auch keine Lust mehr auf Spielchen.

»Sie wollen doch gar nicht den *Teddy*«, entgegnete ich. »Sie wollen Mr Farnsworth.«

Tidbeck lächelte, wobei sie wieder ihre schrecklichen weißen Zähne entblößte.

Webber klatschte ein paarmal langsam in die Hände.

»Kluges Kind«, sagte er.

»Wer den Teddy findet, findet Farnsworth«, ergänzte Tidbeck. »Kannst du mir folgen?«

»Ich glaube schon«, antwortete ich.

Zumindest hoffte ich das. Der Teddy musste Mr Farnsworth viel bedeutet haben. Mir fiel das Foto aus dem Buch wieder ein, das von der Beerdigung seines Vaters, und wie er sich an den Teddy geklammert hatte. Als sei er sein einziger Freund auf der ganzen Welt. Tidbeck hatte recht, dachte ich. Der Teddy musste von Mr Farnsworth persönlich gekommen sein – *er* musste ihn Eddie gegeben haben. Der Bär war die einzige greifbare Verbindung eines Unsichtbaren. Er war Farnsworth offensichtlich wichtig und er würde ihn ganz sicher zurückhaben wollen. Wenn es einen Weg gab, an Mr Farnsworth ranzukommen, dann nur über den Teddy. Der war das Einzige, was ihn aus der Deckung locken würde.

Schlagartig bekam ich es wieder mit der Angst zu tun. Tidbeck und Webber waren größer und stärker als ich und sie waren *Polizisten.* Immer noch war es um uns herum so still, dass ich weit und breit keine anderen Geräusche hörte als das Tuckern des Motors und das Klopfen meines eigenen Herzens.

»Ich glaube, ich möchte jetzt nach Hause«, sagte ich.

»Sie will nach Hause«, höhnte Webber.

Tidbeck schwieg und zeigte auch sonst keine Regung. Dann lächelte sie kühl, als sei ihr soeben ein Witz eingefallen, den sie nicht besonders mochte.

»Wie wär's, wenn wir dich fahren?«, schlug sie vor.

»Genau«, stimmte Webber zu. »So ein kleines Mädchen und ganz allein unterwegs. Das ist nicht sicher.«

»Ich hab ja mein Fahrrad«, entgegnete ich. »Ich komm schon klar. Aber danke.«

»Wir bestehen darauf«, erwiderte Webber. »Ist doch schließlich unsere Aufgabe, die Bürger dieser Stadt zu beschützen.«

»Jetzt steig schon in den Wagen, Nelle«, befahl Tidbeck.

Mühelos hob Webber mein Fahrrad hoch und trug es zum Auto. Er öffnete den Kofferraum und legte das Rad hinein, als würde er ein Baby schlafen legen. Ich sah von ihm zu Tidbeck und blickte mich dann in alle Richtungen um, doch ich konnte nirgends einen Fluchtweg entdecken.

»Wir wollen nur mit dir reden, Nelle.«

»Ich habe ihn nicht!«, rief ich.

»Wie bitte?«

»Ich habe ihn nicht«, wiederholte ich. »Ich hatte ihn, aber jetzt ist er weg. Das ist die Wahrheit. Ganz ehrlich.«

»Ah.« Tidbeck setzte wieder ihr blendend weißes Lächeln auf. »*Jetzt* machen wir Fortschritte.«

Kapitel 23

Ich saß auf dem Rücksitz. Tidbeck hatte auf dem Beifahrersitz Platz genommen und blickte aus dem Fenster. Webber fuhr, wobei er das Lenkrad mit seinen dicken Fingern umklammerte. Das Innere des Wagens roch nach einer Mischung aus Erdbeerkaugummi und nassem Hund. Neben mir auf dem Sitz und überall auf dem Boden lagen leere Essensschachteln und Limodosen herum. Ich öffnete das Fenster. Der Fahrtwind war warm, während es im Auto deutlich kühler war.

»Jemand hat dir also den Teddy vorbeigebracht«, fasste Tidbeck zusammen, »und dann hat ihn jemand anderes gestohlen?«

»So in etwa, ja.«

»Und du hast keine Ahnung, wer oder warum?«

»Nein.«

»Wenn dir irgendetwas zu Ohren kommt«, sagte Tidbeck, »ganz egal, was … dann kommst du damit zu mir. Ist das klar?«

Ich ließ mir das einen Moment durch den Kopf gehen. Webber summte ein altes Lied mit, irgendetwas über ein goldenes Ticket.

»Habe ich eine Wahl?«, fragte ich.

»Was glaubst du wohl?«

»Nein«, brummte ich. »Vermutlich nicht.«

»Braves Mädchen«, lobte sie.

Ich ballte die Hände so fest zusammen, dass sich die Fingernägel in meine Handflächen bohrten, sagte aber nichts. In ihren Worten schwang eine ganze Reihe von Drohungen mit. Ich machte mir immer noch Sorgen um Eddie. Ich musste ihn finden, bevor Tidbeck und Webber ihn aufspürten.

»Sie versuchen, Mr Farnsworth zu finden, damit Sie ihm das Handwerk legen können«, hakte ich nach. »Habe ich recht? Weil seine Schokolade dem Candy-Konsortium Konkurrenz macht. Weil er nämlich immer noch welche hat und weil es keine Schokolade gibt, die mit der von Farnsworth mithalten kann.«

»Ich denke, kleine Mädchen sollten lieber den Mund halten, wenn sie wissen, was gut für sie ist«, entgegnete Tidbeck.

»Das sage ich dem Bürgermeister!«, rief ich in

einem plötzlichen Anfall von Tapferkeit. »Damit kommen Sie nicht durch!«

Webber lachte schallend. »Die Mühe kannst du dir sparen.« Ich sah, wie Tidbeck ihm den Ellbogen in die Rippen stieß.

»Au!«

»Halt die Klappe, Webber«, zischte sie.

»Was soll das heißen?«, fragte ich leise.

Bedeutete das, dass der Bürgermeister mit ihnen unter einer Decke steckte? Das konnte nicht sein – oder?

Tidbeck drehte sich zu mir um und lächelte. »Der Bürgermeister ist ein viel beschäftigter Mann, Nelle. Er hat keine Zeit für Kinderspielchen. Das ist alles. Richtig, Webber?«

»Ja, ja, genau. Das meinte ich.«

Während wir durch die Straßen fuhren, lag die Stadt um uns herum im Hitzekoma. Die Sonne flimmerte durch einen Dunstschleier vom Himmel. Dunkel gefiederte Vögel hockten scharenweise in den Bäumen und blickten uns nach. Webber summte ein Lied über eine Bootsfahrt.

»Mr Lloyd-Williams sagte, du seist vor ein paar Tagen mit einem Teddy zu ihm gekommen, den er sich ansehen sollte«, fuhr Tidbeck fort.

»Ja.«

»Einem Farnsworth.«

Leugnen war zwecklos. »Ja.«

»Weißt du, wo Farnsworth sich versteckt?«

»Nein«, antwortete ich.

Tidbeck drehte sich wieder zu mir um. »Bist du sicher?«

»Hundertprozentig«, beteuerte ich.

»Weil es nämlich ziemlich dumm wäre, so etwas vor mir geheim zu halten, Nelle. Und ich hätte dich eigentlich nicht für dumm gehalten.«

»Ist das als Kompliment gemeint?«

Sie wandte sich wieder dem Fenster zu. Irgendetwas dort draußen musste zutiefst faszinierend sein.

»Dein kleiner Freund steckt in großen Schwierigkeiten«, bemerkte sie wie beiläufig.

»Eddie?«

»Wir möchten ihm wirklich gerne helfen, Nelle. Vielleicht ist es ja noch nicht zu spät.«

»Und Sie werden ihm nichts tun?«

»Wieso sollten wir das wollen?« Ihr fieses Lächeln sprach allerdings eine andere Sprache.

»Wir wollen bloß den Alten«, sagte Webber.

»Bring uns Farnsworth und wir lassen Eddie ungeschoren davonkommen«, stellte Tidbeck klar. »Andernfalls steckt er gewaltig in der Klemme, wenn wir ihn finden. Denk in Ruhe darüber nach.«

»In Ordnung«, sagte ich.

Sie nickte und trommelte mit den Fingernägeln gegen das Fenster.

Vor uns sah ich die Bibliothek auftauchen.

»Können Sie mich hier rauslassen?«, bat ich. Erst dann sah ich die Naschkatzen auf den Stufen vor dem Eingang sitzen. Tidbeck schien sie ebenfalls zu bemerken. Sie wechselte einen Blick mit Webber, dessen Lippen sich zu einem heimtückischen Grinsen verzogen.

»Rumtreiber«, meinte er. »Ohne elterliche Aufsicht.«

»Die noch dazu in einem öffentlichen Gebäude illegale Schmuggelware verkaufen«, ergänzte Tidbeck.

»Ich finde, dagegen sollten wir dringend etwas unternehmen«, sagte Webber. »Schließlich sind wir Polizisten.«

»Warten Sie«, rief ich. »Was haben Sie vor?«

Webber grinste bloß höhnisch, dann schaltete er die Sirene ein, raste auf die Bibliothek zu und kam mit quietschenden Reifen vor der Treppe zum Stehen. Als die Naschkatzen den Wagen sahen, versuchten sie wegzurennen. Webber sprang aus dem Auto und rannte ihnen schreiend hinterher. Sie liefen in verschiedene Richtungen davon, wobei die kleine May sich kurz umdrehte und ein gefülltes Schokoladenei nach Webber warf, das ihn voll ins Gesicht traf. Sie kreischte vor Lachen. Webber brüllte auf und stürzte sich auf sie, doch sie war zu klein und zu wendig für ihn. Nach einigen Metern blieb er stehen und stützte keuchend die Hände auf die Knie.

Tidbeck öffnete die Beifahrertür. Wir stiegen beide aus.

»Wisch dir die Schokolade aus dem Gesicht, Webber«, befahl sie frostig. Er warf ihr einen finsteren Blick zu, sagte aber nichts.

»Ich glaube, die kleinen Mädchen sehen wir hier so schnell nicht wieder«, bemerkte Tidbeck.

Damit hatte sie vermutlich recht.

So viel also zu den Naschkatzen.

Webber kam auf uns zugetrottet und wischte sich übers Gesicht.

»Kann ich mein Fahrrad haben?«, fragte ich.

Er grunzte, ging dann aber zum Kofferraum, hob es heraus und setzte es ziemlich unsanft auf dem Bürgersteig ab.

Tidbeck musterte mich eindringlich.

»Den Teddy«, sagte sie ohne jeden Ausdruck in der Stimme. »Bring ihn uns.«

Sie verzichtete auf die Drohung, was sonst passieren würde.

Die brauchte sie auch gar nicht.

»Wir kontrollieren diese Stadt«, betonte Webber.

»Und wir haben keine Lust mehr auf irgendwelche Spielchen. Verstanden?«

Er stieg ins Auto und schlug die Tür zu.

»Keine Spielchen«, sagte ich. »Verstanden.«

»Jetzt verschwinde.« Tidbecks Stimme war kälter als Eiscreme. »Wir wissen ja, wo wir dich finden.«

Dann fuhren sie davon.

Kapitel 24

Ich betrat die Bibliothek.

In einer Ecke der Romanabteilung fand ich Zuckerschnute Ratchet unter einem Schild mit der Aufschrift »Krimis«. Ihre Schultern bebten, doch weil sie mit dem Rücken zu mir saß, dauerte es einen Moment, bis ich erkannte, dass sie weinte.

Ratlos stand ich da und wusste nicht, was ich tun sollte. Vielleicht spürte sie meine Anwesenheit, denn sie drehte sich zu mir um und funkelte mich aus zusammengekniffenen Augen böse an.

»Was suchst *du* denn hier?«

»Dich«, antwortete ich.

Ihr Gesicht war rot und verquollen. »Das ist nicht *fair*!«, sagte sie, scheinbar ohne jeden Zusammenhang.

»Was meinst du?«

»Eddie und Waffles und … und …« Sie machte eine

wütende Handbewegung. »Das hier hätte *meine* Stadt werden können!«

»Du bist doch erst zwölf!«, wandte ich ein. »Du hast noch alle Zeit der Welt.«

»Ich bin fast *dreizehn!* Und ich bin besser als sie, ich bin stärker als sie, ich könnte sie locker schlagen!«

»Aber willst du das überhaupt?«, fragte ich. Ich dachte an Eddie, von dem immer noch jede Spur fehlte, und an Waffles, der allein in seiner Villa oben auf dem Hügel saß. »Willst du wirklich so leben? Immer allein, immer in Angst?«

»Ach, Nelle«, höhnte sie mit einem Tonfall, der so bitter war wie eine Grapefruit. »Perfekte, kleine, süße Nelle. Glaubst du ernsthaft, alle wären wie du? Nicht alle können den lieben langen Tag in der Gegend rumlaufen, ihre Nase in fremde Angelegenheiten stecken und die ganze Welt belehren, was richtig und was falsch ist. Manche von uns müssen in der echten Welt klarkommen. Es ist nicht immer so toll, ein Kind zu sein.«

»Das weiß ich auch!« Langsam aber sicher wurde ich wütend. »Aber was willst du, Mary? Was *willst* du?«

»Ich will groß sein!«, schrie sie. Eine Frau, die gerade den Abschnitt »Liebesromane« durchstöberte, drehte sich zu uns um und huschte dann schnell weiter. Wir waren allein. »Ich will erwachsen sein! Ich will machen können, worauf ich Lust habe, ohne dass mir ständig jemand sagt, was ich tun soll!«

»Aber Erwachsene müssen sich doch an noch *viel mehr* Regeln halten«, entgegnete ich frustriert. »Sie müssen arbeiten gehen und Rechnungen bezahlen und … und … so Sachen! Sie müssen auf *uns* aufpassen!«

»Tja, das machen sie jedenfalls nicht besonders gut!«, schrie sie und dann fing sie wieder an zu weinen. Geräuschlos. Sie sah mich schweigend an, während ihr die Tränen über die Wangen strömten.

»Mary …«, sagte ich.

»Lass mich in Ruhe!«

Hilflos stand ich da. Es war seltsam, diese Tyrannin, die mich sonst in Angst und Schrecken versetzte, auf einmal so verletzlich und niedergeschlagen zu sehen. Sie *weinen* zu sehen.

»Es ist einfach nicht fair!«, schluchzte Zuckerschnute. »Alle hassen mich! Und dabei habe ich nicht mal was getan! Mit dem Feuer in Mr Singhs Laden hatte ich auch nichts zu tun!«

Rotz lief ihr aus der Nase. Ich suchte nach einem Taschentuch, fand aber keins. Sie wischte sich die Nase am Ärmel ab und verzog das Gesicht. Die sonst so großspurige Zuckerschnute wirkte wie ein Häuflein Elend.

»Was ist passiert?«, fragte ich leise.

»Ich weiß es nicht!«

»Aber du warst da«, hakte ich nach.

»Ja.« Sie schniefte.

»Hast du was gesehen?«

»Ja, aber ich weiß nicht genau, was. Einen Mann.«

»Was für einen Mann, Mary? Das ist wichtig.«

»Einen Mann halt! So einen dürren Typen. Er ist an mir vorbeigelaufen und dabei habe ich die Flasche in seiner Hand bemerkt, wo oben so ein Stück Stoff rausguckte. Dann nahm er ein Feuerzeug, zündete den Stoff an und warf die Flasche ins Schaufenster. Sie flog durch die Scheibe und zerbrach. Ich glaube, es muss Benzin oder so was drin gewesen sein. Dann war alles voller Flammen. Es sah aus wie … wie eine Explosion. Ich hatte vorher noch nie ein richtiges Feuer gesehen.«

Sie hatte aufgehört zu weinen. Ich musterte den Ausdruck auf ihrem Gesicht.

»Warum warst du dort?«, erkundigte ich mich sanft.

»Ich hab den Laden beobachtet, das ist alles. Ich wusste, dass Bobby unterwegs war, um neue Ware zu holen.« Sie schnaubte. »Wir wollten uns das Zeug schnappen, sobald seine Kuriere auftauchten. Nur war der Typ vorher da und ich bin weggerannt. Ich wusste nicht, was ich sonst tun sollte.«

»Ist das alles?«, fragte ich.

»Wie meinst du das?«

»Kanntest du den Mann? Der das Feuer gelegt hat?«

»Nee. Hab ihn noch nie zuvor gesehen.«

»Was glaubst du, warum er den Laden abgefackelt hat?«

»Keine Ahnung. Vielleicht hat ihn jemand dafür bezahlt.«

Ein Gedanke schoss mir durch den Kopf. Tidbeck und Webber waren verdammt schnell am Tatort gewesen.

Fast als hätten sie gewusst, dass das passieren würde.

»Was würdest du tun, wenn du gewinnen würdest?«, fragte ich. »Ich meine, mal angenommen, ab morgen gehört der gesamte Süßigkeitenhandel dir. Du hast alle anderen Banden besiegt. Du bist die Zuckerkönigin der Stadt und kannst so viel Schokolade essen, wie du nur willst. Was dann?«

Sie sah mich an. Einen Augenblick wirkte sie beinahe verloren. Dann schlich sich ein winziges Lächeln auf ihr Gesicht. »Ich mag Schokolade eigentlich gar nicht so gern«, gestand sie.

In dem Moment wirkte sie beinahe nett. Ich streckte meine Hand aus und nach kurzem Zögern ergriff sie sie.

»Komm«, sagte ich. »Lass uns gehen.«

»Wohin?« Sie sah so verzagt aus, dass ich fast lachen musste.

»Auf eine Party«, antwortete ich.

»Na, klar doch«, meinte Zuckerschnute. »Eine Party.«

Sie wandte den Blick ab. Als sie mich wieder ansah, lag ein beinahe verzweifelter Ausdruck in ihren Augen.

»Tut mir leid wegen … du weißt schon«, sagte sie.

Ich dachte an all die Male, die sie mir in der Schule und während meiner Ermittlungen zugesetzt hatte.

»Ich werde jetzt nicht sagen: ›Ist schon okay‹«, erwiderte ich. »Das ist es nämlich nicht. Aber ich weiß deine Entschuldigung zu schätzen.«

»Siehst du?« Für einen Moment kam ihre gewohnte Wut wieder hoch. »Du machst es schon wieder. Tust so, als wärst du besser als alle anderen.«

»Ich bin nicht besser«, beteuerte ich. »Wirklich nicht.«

»Na gut«, seufzte sie. »Mir tut's jedenfalls echt leid.«

Es schien ihr ernst zu sein.

Ich lächelte. »Danke.«

»Was meinst du?«, fragte sie. »Fangen wir noch mal von vorne an?«

Ich ließ mir ihren Vorschlag durch den Kopf gehen.

Ich konnte nicht gerade behaupten, dass Zuckerschnute meine allerliebste Person auf der ganzen Welt war, aber irgendwo mussten wir ja anfangen.

Also zuckte ich mit den Schultern und nahm ihren Vorschlag an. »Einverstanden.«

Kapitel 25

Als wir an der McKenzie-Villa oben auf dem Hügel ankamen, tauchte die Sonne gerade ins Meer wie ein Donut in eine Schüssel mit Blaubeersoße. Ich wusste, dass es für einige Aufregung sorgen würde, dass ich Zuckerschnute zu Waffles' Party brachte, aber ich hatte diese ganzen Streitigkeiten endgültig satt. Es war Zeit, das Kriegsbeil ein für alle Mal zu begraben.

Die Tore zum Grundstück standen offen und draußen auf der Straße und in der Einfahrt war alles voll mit Autos. Großen, teuren Autos, die von wichtigen, schwerreichen Menschen gefahren wurden.

Oder besser gesagt von ihren Chauffeuren.

Die standen in einem Grüppchen neben dem Tor zusammen. Sie trugen gebügelte schwarze Uniformen und unterhielten sich leise, wobei hin und wieder einer verstohlen in einen Schokoriegel biss. Wie Kindermädchen, die vom Spielplatzzaun aus zusahen, wie ihre Kleinen herumtoben, standen sie da und warteten auf ihre Arbeitgeber.

Zuckerschnute und ich marschierten durchs Tor und liefen auf den Seiteneingang zu, der zum Garten führte. Dort trafen wir auf Gordon und Ronny, die beide in schwarzen Anzügen steckten. Ronnys Anzug war so groß, dass seine Hände in den Ärmeln verschwanden, während Gordons so eng saß, dass er darin aussah wie ein Pinguin kurz vor dem Ersticken.

»Was macht *die* denn hier?«, fragte Gordon.

»Genau«, pflichtete Ronny ihm bei.

»Sie gehört zu mir«, antwortete ich.

»Zu dir, Schnüfflerin? Wer hat gesagt, dass du jemanden mitbringen darfst?«, fragte Gordon.

»Genau.« Ronny blies sich wichtigtuerisch auf. Zuckerschnute trat drohend einen Schritt auf ihn zu, worauf er in sich zusammensackte, hastig zurückwich und so tat, als würde er woanders hinsehen. Zuckerschnute lachte schallend.

»Verzieht euch«, sagte ich. Ich hatte die Nase voll von Spielchen und besonders von kleinen Jungs, die meinten, einen auf dicke Hose machen zu müssen.

»Das wird dem Boss nicht gefallen«, meinte Gordon, aber man merkte ihm an, dass er eigentlich keine Lust auf einen Streit hatte.

»Ach was, ich denke, das geht *ausnahmsweise* in Ordnung«, sagte Ronny, der wusste, wann es Zeit war aufzugeben. Und so gingen wir auf die Party.

Als wir an den beiden vorbei waren, folgten wir einem Pfad, der von im Boden steckenden Fackeln erhellt wurde, zum Haus. Der Duft von nachtblühenden Blumen lag in der Luft, Glühwürmchen blinkten im Dunkeln und in der Ferne war das Klirren von Gläsern zu hören. Das Stimmengewirr von Erwachsenen, die sich unterhielten und lachten, wurde immer lauter, je näher wir der Rückseite des Hauses kamen.

Am Ende des beleuchteten Pfades stand ein hölzerner Torbogen, der mit Blumengirlanden geschmückt war. Daneben stand Foxglove, der Butler, in seiner gewohnten Habachtstellung. Er trug weiße Handschuhe und einen makellos gepflegten schwarzen Anzug, doch sein Blick wirkte traurig wie immer.

»Miss Faulkner«, grüßte er gewichtig.

»Hallo, Mr Foxglove«, erwiderte ich, was ihm beinahe den Hauch eines Lächelns entlockte.

»Und wer ist Ihre Freundin?«

»Das ist Zuck… Mary Ratchet«, antwortete ich.

»Es ist mir eine Freude«, entgegnete Foxglove, ohne eine Miene zu verziehen. Zuckerschnute warf ihm einen finsteren Blick zu, schien dann aber zu dem Schluss zu kommen, dass er es ernst meinte.

»Willkommen auf der Party«, sagte Foxglove. »Waffl… ich meine, der junge Herr« – Zuckerschnute schnaubte prustend und ich konnte mir nur mit Mühe ein Lächeln verkneifen – »hält sich zurzeit noch im Haus auf, wird jedoch in Bälde zu uns stoßen.«

»Wie bitte?«

»In Kürze. Damit will ich sagen: schon sehr bald.«

»Ach so.«

»Wenn die Damen sich so lange am Büfett bedienen mögen?«

»Absolut«, verkündete Zuckerschnute und marschierte durch den Torbogen, ohne auf mich zu warten. Der Kies knirschte unter ihren Sohlen.

»Mr Foxglove«, sagte ich.

»Miss Faulkner?«

»Wissen Sie … Kennen Sie vielleicht Eddie? Eddie de Menthe? Er ist früher oft hergekommen.«

»Eddie. Natürlich.«

»Aber in letzter Zeit war er nicht mehr hier, oder?«

»Nein, ich fürchte nicht. Er hat dieses Anwesen schon länger nicht mehr mit seinem Besuch beehrt, Miss Faulkner.«

»Denken Sie«, fragte ich ziemlich verzagt, »dass ihm etwas zugestoßen ist?«

»Dem jungen Herrn Eddie geht es gewiss gut«, antwortete Foxglove. »Wo immer er jetzt auch sein mag.

Er erschien mir stets wie ein höchst fähiger junger Bursche.«

»Ja«, sagte ich. »Da haben Sie bestimmt recht, Mr Foxglove.«

»Selbstverständlich, Miss Faulkner.«

Er trat beiseite, um mich durch den Torbogen gehen zu lassen. Ich machte einen Schritt vorwärts, hielt dann jedoch inne und sah ihn an. Er musterte mich mit seinen traurigen Augen, ohne eine Miene zu verziehen.

»Mögen Sie Schokolade, Mr Foxglove?«, fragte ich.

Das Lächeln veränderte sein ganzes Gesicht. Für einen kurzen Moment verschwand sogar der traurige Ausdruck aus seinen Augen und sie strahlten hell und leuchtend.

»Aber ja, Miss Faulkner«, antwortete er mit seiner leisen, getragenen Stimme. »Ausgesprochen gerne sogar.«

»Das dachte ich mir.« Ich erwiderte sein Lächeln, dann ließ ich ihn stehen und ging auf die Party.

Kapitel 26

Die Nacht wurde von bunten Lampions erhellt und duftete nach teurem Parfüm und Rasierwasser. Leise Streichmusik untermalte das monotone Brummen der Gespräche und als ich mich umsah, entdeckte ich am anderen Ende des Pools ein Streichquartett: zwei Frauen und zwei Männer in schwarzen Fracks, deren Bögen über die Saiten strichen, während sich ihr Spiegelbild auf der Wasseroberfläche kräuselte. Überall hingen Plakate mit Mr Thorntons Gesicht und dem Slogan: *Wählt Thornton. Für eine zweite Amtszeit.*

Auf der anderen Seite stand ein langer Büfetttisch, der sämtlichen Prohibitionsgesetzen zum Trotz mit Kuchen und Törtchen, Schokolade und Schlagsahne beladen war. Das alles musste von außerhalb herbeigeschafft worden sein. Der Anblick schockierte mich, wenn auch nur für einen Moment. Denn eigentlich wusste ich längst, dass sich nicht alle Erwachsenen an die Regeln hielten – nicht mal an die, die sie selbst gemacht hatten.

Mit einem beklommenen Gefühl schob ich mich durch einen Wald aus Menschen, die allesamt größer und schwerer waren als ich. Sie ignorierten mich komplett.

Ich sah mich nach Zuckerschnute um und fand sie schließlich am Büfett, wo sie sich mit Windbeuteln vollstopfte.

»Da bist du ja«, sagte sie. Sie hatte einen Ring aus Schlagsahne um den Mund. »Ist gar nicht mal so schlecht hier, findest du nicht auch, Nelle? Wenn ich groß bin, gehe ich auf ganz, ganz viele Partys wie hier.«

Niemand schien sich daran zu stören, dass wir da waren. Die Erwachsenen standen in kleinen Grüppchen zusammen, hielten sich an ihren Wein- oder Sektgläsern fest und plauderten oder lachten, als hinge ihr Leben davon ab.

Dann hörte ich, wie schwere Schritte auf uns zukamen und eine näselnde Stimme verärgert fragte: »Was macht *die* denn hier, Nelle?«

»Waffles«, sagte ich und drehte mich zu ihm um.

»Du bringst sie *hier*her? In *mein* Haus?« Sein Kopf

ruckte hin und her wie bei einem Wackeldackel. »Sie ist verrückt, Nelle! Sie hat meinen Laden abgefackelt!«

»Hab ich gar nicht!«, erwiderte Zuckerschnute entrüstet.

»Das geht in Ordnung, Waffles«, beschwichtigte ich.

»Für dich immer noch Mr McKenzie, Schnüfflerin.«

Ich seufzte. An dem Punkt waren wir doch schon mal gewesen. So langsam fing er an, mir mit seinem Getue mächtig auf die Nerven zu gehen.

»*Waffles*«, betonte ich. »Hör auf, dich wie ein verzogenes Gör aufzuführen, und hör mir zu.«

Er sah mich mit stummer Fassungslosigkeit an. Wahrscheinlich hatte noch nie zuvor jemand so mit ihm gesprochen. Er war es gewohnt, dass er immer seinen Willen bekam.

Ich fragte mich, wie seine Eltern es wohl geschafft hatten, ihm das Windeltragen abzugewöhnen. Wobei – vielleicht hatten sie das ja gar nicht. Bei dem Gedanken musste ich grinsen.

»Was gibt es da zu grinsen?«, fauchte Waffles, der offenbar zu seinem Ärger zurückgefunden hatte. »Wag es ja nicht, mich anzugrinsen! Niemand hat das Recht, *mich* anzugrinsen!«

»Halt die Klappe und hör zu, Waffles«, wiederholte ich. Er machte den Mund auf und wieder zu, aber seine Stimme verweigerte ihm den Dienst. »Es wird Zeit, diesen Krieg ein für alle Mal zu beenden. Zuckerschnute – Mary – hat Mr Singhs Laden nicht abgefackelt.«

Waffles schnaubte höhnisch. »Bezahlt sie dich dafür?«, fragte er. »Liegt es daran?« Er fuchtelte mir anklagend mit dem Finger vor dem Gesicht herum. »Gibt sie dir Geld dafür, dass du das sagst? Du hast sie in mein *Haus* gebracht, Nelle!«

»Ich möchte, dass du dich entschuldigst«, sagte ich.

»*Was?*«

»Und du auch, Mary.« Ich drehte mich zu Zuckerschnute Ratchet um, die der ganzen Auseinandersetzung mit einem Ausdruck amüsierter Verachtung gefolgt war.

»Was?« Ihr Grinsen fiel in sich zusammen wie ein Soufflé, das jemand zu früh aus dem Ofen geholt hatte. »Das mach ich nicht! Wofür auch? Ich hab doch gar nichts getan!«

Ich beobachtete, wie sich die beiden anfunkelten. Sie sahen so lächerlich dabei aus, dass sie mir fast ein bisschen leidtaten.

»Elmore McKenzie«, sprach ich Waffles mit seinem echten Vornamen an. Zuckerschnute grinste höhnisch, doch ich warf ihr einen finsteren Blick zu und sie hörte sofort damit auf. »Ich möchte, dass du dich bei Mary dafür entschuldigst, dass du einen Streit mit ihr und ihrer Gang angefangen hast, und dafür, dass du sie beschuldigt hast, Mr Singhs Laden angezündet zu haben.«

»Ich werde mich niemals …!«, protestierte er, aber ich hob die Hand und brachte ihn damit sofort zum Schweigen.

»Mary«, fuhr ich fort, »ich möchte, dass du dich bei Elmore dafür entschuldigst, dass du Bobbys Hinterzimmer ausgeräumt hast – und ich *weiß*, dass du das getan hast, weil ich nämlich dabei war –, und dafür, dass du den Süßigkeitenschwarzmarkt unter deine Kontrolle bringen wolltest.«

»Du kannst mich nicht dazu zwingen!«, rief sie. »Ich habe genauso ein Recht darauf, hier in der Stadt Süßigkeiten zu verkaufen, wie der verzogene kleine Rotzlöffel da!«

»Wen nennst du hier Rotzlöffel?« Waffles plusterte sich bedrohlich auf. »Du hältst dich wohl für knallhart, was? Soll ich dir zeigen, wer wirklich knallhart ist? Das bin ich! Ich bin knallhart!«

»Du bist so knallhart wie ein Stück Käsekuchen«, konterte Zuckerschnute. »Geschmolzene Butter ist härter als du.«

»Nimm das zurück!«

»Zwing mich doch!«

»Schluss damit!«, ging ich dazwischen. Ich musste geschrien haben, denn plötzlich drehten sich alle Erwachsenen um und musterten unsere kleine Gruppe, bevor sie sich desinteressiert abwandten. Wahrscheinlich hielten sie uns bloß für ein paar unbedeutende spielende Kinder.

»Hört jetzt auf, alle beide. Hört auf, euch wie *Kinder* zu benehmen!«

Waffles starrte mich an. Zuckerschnute starrte mich an. Keine Ahnung, woran es lag, vielleicht an irgendwas in meinem Gesicht, jedenfalls fingen sie auf einmal an zu lachen. Waffles zuerst und dann fiel Zuckerschnute mit ein.

Sie lachten wie Menschen, die schon gar nicht mehr wussten, wie sich Lachen überhaupt anfühlte. Waffles' Lachen klang wie das abgehackte Bellen einer Hyäne, während das von Zuckerschnute schallend durch die Nacht hallte. Ich spürte, wie mein Gesicht vor Wut und Scham feuerrot anlief.

»Hört auf!«, schrie ich. »Aufhören!«

»H…hör … d…du doch … a…auf, Schnüfflerin!«, keuchte Waffles, der so heftig lachte, dass ich nicht wusste, wie er dabei überhaupt noch atmen konnte.

»Sch…sch…*schnüff*lerin!«, stieß Zuckerschnute hervor. Tränen liefen ihr über die Wangen und sie musste sich am Büfetttisch abstützen.

»H…h…hier«, giggelte sie. »Nimm … nimm … nimm dir einen *Windbeutel*, Nelle!«

Und damit drehte sie sich um – und drückte ihn mir mitten ins Gesicht.

Ich stand da wie gelähmt, das Gesicht voller Sahne und Teigbrösel.

»Das hast du gerade nicht wirklich gemacht«, knurrte ich.

»Hat sie doch!«, kreischte Waffles.

Ich starrte die beiden an, die sich über meinen Anblick gar nicht mehr einkriegten. Dann konnte ich nicht anders. Ich spürte, wie es von ganz tief in mir drinnen aufstieg und regelrecht aus meiner Kehle hüpfte.

Ein Kichern.

Und noch eins. Und noch eins.

Ich konnte nichts dagegen machen.

Ich fing an zu lachen.

»I…i…ihr ganzes G…g…gesicht ist voll mit Sch… sch…schlagsahne!«, presste Waffles hervor. Inzwischen lachte ich so sehr, dass ich mich kaum noch aufrechthalten konnte.

»Das f…f…f… das f…fi…fi… *das* findest du also lustig?«, ächzte ich, griff nach einem Himbeertörtchen und pfefferte es ihm ins Gesicht.

Zuckerschnute rollte über den Boden, strampelte

mit den Beinen und lachte so heftig, dass ihr der Rotz aus der Nase lief. Die Erwachsenen warfen uns missbilligende Blicke zu und rückten von uns ab, um ihre schicken Partyklamotten nicht dreckig zu machen. Waffles schnaubte prustend, wobei seine Lippen ein lautes Furzgeräusch machten, und schnappte sich eine Waffel, die vor Sirup und Schlagsahne nur so triefte.

Er musterte mich abschätzend.

»Wag es … wag es *ja* nicht!«, protestierte ich, aber ich lachte immer noch viel zu sehr dabei.

Er warf sie nach mir, doch ich duckte mich gerade noch rechtzeitig weg, sodass die Waffel stattdessen runterfiel und Zuckerschnute ins Gesicht traf. Und dann bewarfen wir uns alle drei mit Torten, Windbeuteln und Schokoküssen und schrien und lachten dabei wie die Irren – wofür uns die Erwachsenen vermutlich auch hielten. Eine schroffe Männerstimme befahl: »Elmore, hör sofort damit auf!«, aber sie schien von viel zu weit weg zu kommen. Eine Frau kreischte auf, als ein Erdbeertörtchen in ihrem Gesicht landete. Die Musik setzte einen Moment lang aus, doch die Musiker fassten sich schnell wieder und spielten weiter, als sei nichts gewesen.

Ich kroch inzwischen auf allen vieren über den Boden. »A…a…aufhören!«

Ich hatte vom vielen Lachen schon Seitenstechen.

»Elmore, ich *schäme* mich für dich!«, verkündete eine Frau mit strenger, wütender Stimme.

»Jetzt *tu* doch mal jemand was!«

»Foxglove? Foxglove! Wo *steckt* dieser Butler nur?«, rief ein Mann.

Das Lachen ebbte langsam ab und ging in kleine Hickser über. Ich sah mich um und erblickte Waffles in seinem völlig versauten Anzug und Zuckerschnute, deren Jacke über und über mit Vanillecreme beschmiert war. Für einen kurzen Moment drohte der Lachanfall in eine neue Runde zu gehen, doch dann bekam ich mich unter Kontrolle.

»Foxglove! Kümmern Sie sich gefälligst darum! Wo sind Sie nur, Mann?«

Verlegen rappelten wir uns auf, wobei wir immer noch leise vor uns hinkicherten.

»Entschuldigt euch«, sagte ich.

»E…ent…sch…sch…schuldigung!« Sie klangen, als würden sie gleich wieder loslachen.

»Gebt euch die Hände.«

»Sie kennt echt keine Grenzen, oder?«, beschwerte sich Waffles.

»Sie kann furchtbar nervtötend sein«, erwiderte Zuckerschnute. »Glaub mir.«

»Dann sollten wir wohl besser tun, was sie verlangt.«

»Wahrscheinlich.«

»Du bist schon in Ordnung, Schnute.«

»Ich schätze, du bist auch ganz okay, Waf.«

Sie gaben sich die Hand.

Und mit einem Schlag war der Krieg der Süßigkeitenbanden beendet. Einfach so.

Kapitel 27

Ich war gerade dabei, mich einigermaßen sauberzumachen, als ich das Blaulicht eines Polizeiautos aufflackern sah. Es hielt nahezu geräuschlos vor der McKenzie-Villa. Die Türen gingen auf und wieder zu, dann kamen Tidbeck und Webber über den Kies auf das Haus zugeschritten. Ich beobachtete die Szene aus einem Fenster im ersten Stock. Die großen Türen der Villa schwangen auf und ein Mann trat heraus, um die Polizisten zu begrüßen. Sein Gesicht kam mir außerordentlich bekannt vor.

Mir fielen fast die Augen aus dem Kopf.

Es war der Bürgermeister.

Sie verschwanden im Inneren. Hastig versuchte ich, mir die Schokolade vom T-Shirt zu wischen, verschmierte sie dadurch jedoch nur noch mehr. So schnell ich konnte, schlich ich aus dem Badezimmer und zum Treppenabsatz, gerade rechtzeitig, um die drei unten vorbeigehen zu sehen.

Auf Zehenspitzen huschte ich hinter ihnen her. Der dicke Teppich schluckte das Geräusch meiner Schritte. Ich sah ihre Rücken, die sich durch den langen Flur entfernten.

Ich folgte ihnen.

Die altehrwürdigen McKenzies blickten mit zusammengepressten Lippen und einem missbilligenden Ausdruck auf mich herab, aber sie waren bloß alte Ölgemälde und ich tat mein Bestes, sie zu ignorieren. Der Bürgermeister und die beiden Polizisten betraten einen großen Raum mit einem langen Eichentisch in der Mitte. Ich schlich zur Tür, die einen Spaltbreit offen stand. Ganz vorsichtig schob ich sie noch ein winziges Stück weiter auf, sodass ich einen Blick hineinwerfen konnte.

»Und?«, fragte der Bürgermeister gereizt. »Haben Sie ihn gefunden?«

»Sir, wir suchen mit Hochdruck danach«, antwortete Tidbeck. »Allerdings gab es leider ein paar kleine Rückschläge …«

»Ich verstehe sowieso nicht, was das mit dem Teddy soll«, unterbrach sie der Bürgermeister. »Sind Sie sicher, dass er Sie zu ihm führen wird? Und dass es sich dabei nicht lediglich um eine Nebelkerze handelt?«

»Wieso Kerze, Sir?«, fragte Webber. »Ich dachte, es geht um einen Teddy.«

»Keine Kerze, Sie Idiot. Eine *Nebelkerze.* Etwas, womit jemand von etwas anderem ablenken will und Sie auf eine falsche Fährte führt.«

»Ich mag Kerzen nicht besonders, Sir.«

»Oh, um Himmels … vergessen Sie's«, zischte der Bürgermeister. Er wandte sich Tidbeck zu. Webber hatte er offenbar bereits als hoffnungslosen Fall abgehakt.

»Die Zeit läuft uns davon, Detective. Ich muss den Mann finden! *Ich will diese Fabrik!«*

Ich beobachtete den Bürgermeister mit einer Mischung aus Abscheu und Faszination.

Ich hatte bereits vermutet, dass es eine Verbindung gab, auch wenn ich es nicht hatte wahrhaben wollen.

Aber er steckte tatsächlich dahinter.

Und das schon die ganze Zeit.

Ich sah zu, wie Thornton im Raum stand und Befehle erteilte.

Was ich nicht verstand … *warum?*

»Wir wissen noch nicht, wo er sich versteckt, Sir. Er könnte überall sein. Nach allem, was wir wissen, hätte er genauso gut auf der Party sein können!«, sagte Tidbeck. »Aber wir haben Grund zu der Annahme, dass der Teddy ihn aus der Reserve locken wird. Wir wissen, wie wertvoll er für ihn ist.«

»Warum hat er ihn dann überhaupt weggegeben?«, entgegnete der Bürgermeister.

»Wir denken, dass er ihn dem Jungen gegeben hat. Eddie de Menthe. Seinem *Protegé.«*

Ich wusste, dass das so was wie »Schüler« bedeutete. War Eddie so an den Teddy gekommen? Hatte er ihn von Mr Farnsworth persönlich gekriegt?

Kein Wunder, dass die beiden Polizisten hinter Eddie her waren.

Kein Wunder, dass er abtauchen musste.

»Und wo ist der Junge?«

»Das wissen wir nicht. Noch nicht.«

»Dann finden Sie ihn! Finden Sie alle drei! Ich dulde keine weiteren Ausflüchte!« Der Bürgermeister holte tief Luft. »Den Laden anzuzünden war dumm.«

Mir stockte der Atem, als ich begriff, was er gerade gesagt hatte.

»Sie beide waren zu sehr damit beschäftigt, den Kindern ihre Süßigkeiten abzunehmen. Die Süßigkeiten interessieren mich aber nicht. Das haben sie noch nie.«

»Jawohl, Sir.«

»Und jetzt gehen Sie da raus und finden Sie sie! Drehen Sie jeden Stein um. Wagen Sie es nicht zu versagen.«

»Jawohl, Sir.«

Ich beobachtete sie durch den Türspalt, bis mir klar wurde, dass sie auf dem Weg nach draußen waren. Schnell presste ich mich mit dem Rücken gegen die Wand. Mir schlug das Herz bis zum Hals. Zum Glück wurde ich von der Tür verdeckt, sodass sie mich nicht sehen konnten.

»Wir unterhalten uns noch mal mit Bobby«, meinte Tidbeck. »Dann sollten wir diesem nervigen kleinen Mädchen etwas intensiver auf den Zahn fühlen. Dieser Nelle. Sie weiß mehr, als sie zugibt. Wird Zeit, dem ein Ende zu setzen.«

Webber lachte hämisch. Ich stand wie angewurzelt da und wartete, bis sie gegangen waren.

Ich hätte auf der Stelle abhauen sollen, aber meine Neugier siegte über meinen Verstand. Ich schob mich um die Tür herum und entdeckte den Bürgermeister, der allein zurückgeblieben war. Er stand mit dem Rücken zu mir und blickte aus dem Fenster. Ich trat ein.

An der Wand bemerkte ich eine gläserne Kiste, über der ein Bild hing.

Das Bild zeigte eine Luftaufnahme der Schokoladenfabrik oben auf dem Hügel. Darauf konnte man erkennen, wie riesig das Gelände in Wirklichkeit war.

Die Fabrik erstreckte sich in alle Richtungen, wie eine eigene kleine Stadt. Es gab eine Reihe miteinander verbundener Werkhallen aus braunem Backstein, aus deren Flachdächern massive Schornsteine in den Himmel ragten. Zwischen den Gebäuden schlängelten sich glänzend saubere Wege hindurch, auf denen winzige Menschen in winzigen Fahrzeugen herumfuhren.

Unter dem Foto, in der Glasbox, befand sich ein Modell des Areals, aber ohne die Fabrik. An ihrer Stelle standen lauter funkelnagelneue Wohnhäuser mit fein säuberlich getrimmten Rasenflächen und zierlichen weißen Lattenzäunen. Dazu gab es einen Kinderspielplatz und sogar einen künstlich angelegten See.

Neben dem Modell entdeckte ich ein kleines Schild mit der Aufschrift: Entwurf für die Neugestaltung des Geländes.

Ich betrachtete es mit einer Mischung aus Faszination und Entsetzen. In dem Moment wandte der Bürgermeister den Kopf und bemerkte mich.

»Wo kommst du denn her?«, fragte er. Es schwang ein Hauch Verärgerung mit.

»Ich bin auf der Suche nach Waffles«, antwortete ich. »Ich meine, Elmore.«

»Ach, der McKenzie-Junge«, erwiderte er. »Nun, hier ist er jedenfalls nicht.«

»Sie sind der Bürgermeister«, sagte ich.

Natürlich kannte ich sein Gesicht. Ich hatte ihn schon einige Male im Fernsehen gesehen und vor ein paar Tagen auf der Wahlkampfveranstaltung sogar live und in Person – wenn auch nur aus der Ferne. Doch jetzt stand er auf einmal direkt vor mir, so nahe, dass ich nur die Hand hätte ausstrecken müssen, um ihn zu berühren. Er hatte dichtes schwarzes Haar, einen schmalen Mund und ein leicht vorstehendes Kinn. Er trug eine schwarze Brille mit runden Gläsern und rauchte Pfeife. Sein Anzug wirkte abgetragen. Wenn man ihm auf der Straße oder beim Einkaufen begegnet wäre, hätte man ihn vermutlich leicht übersehen. Er war ein ganz normaler Mann.

Und zugleich auch nicht. Immerhin war er Bürgermeister Thornton.

»Wie ich sehe, bewunderst du mein Projekt.« Er wandte sich dem Modell im Glaskasten zu. »Wunderschön, findest du nicht?«

»Es ist … aber … aber was ist mit der Fabrik?«, stammelte ich.

»Oh, das fürchterliche alte Ding muss weg«, antwortete er. »Für so etwas gibt es in der modernen Welt keinen Platz.«

»Aber die Schokolade …«

»Widerliches Zeug. Vertrau mir, Kleine. Wir machen diese Stadt wieder groß. Alles wird besser.«

»Aber Mr Farnsworth!«, platzte es aus mir heraus.

»Farnsworth? Farnsworth!«, schnaubte er. »Mach dir um *den* mal keine Sorgen, Mädchen. Er ist bloß eine Witzfigur.« Thornton strahlte jetzt keinerlei Wärme mehr aus. Sofern er das überhaupt je getan hatte. »Und ich mag keine Witze«, lamentierte er. »Ich kapiere die nämlich nie.«

Er bemerkte meinen Gesichtsausdruck. »Keine Sorge«, versicherte er. »Das hat sich alles bald erledigt. Ist eigentlich nur noch reine Formsache. Ein bisschen Papierkram.«

»Papierkram?«, fragte ich.

»Die Besitzrechte«, erklärte er. »Ich muss diesen fürchterlichen Farnsworth nur noch dazu bringen, sie mir zu überschreiben. Was er auch tun wird, sobald ich ihn gefunden habe … aber wie gesagt, Mädchen, mach dir deswegen keine Sorgen.«

Dann lächelte er. Es war dieses aufgesetzte Lächeln, das er für seine öffentlichen Auftritte einstudiert hatte und das nichts Freundliches ausstrahlte. »Hier«, sagte er und drückte mir einen Anstecker mit seinem Gesicht und der Aufschrift *Wählt Thornton* in die Hand. »Geht deine Mommy zur Wahl? Gib ihr das hier von mir, ja? Und denk dran: Iss immer dein Gemüse und wähl Thornton!«

Er tätschelte mir den Kopf und wandte sich zum Gehen. Ich sah ihm an, dass er unser Gespräch bereits vergessen hatte. Für ihn war ich bloß eine lästige kleine Unterbrechung.

Ich sah ihm nach. Dann nahm ich das Modell mit dem Neugestaltungsentwurf für das Gelände, auf dem immer noch die Schokoladenfabrik stand, noch einmal genauer unter die Lupe.

Darum ging es also bei alldem. Er wollte Mr Farnsworth dazu bringen, ihm die Fabrik zu überschreiben – mehr noch: Er wollte ihn dazu *zwingen!*

In dem Moment schwor ich mir, dass ich ihm das niemals durchgehen lassen würde.

Es *musste* einen Weg geben, ihn aufzuhalten.

Kapitel 28

Ich rannte los. Draußen hörte ich die Polizeisirene aufheulen, als Tidbeck und Webber aufs Gas traten und den Hügel hinabbrausten. Ich brauchte ein Telefon! Um mich herum ging gerade die Party zu Ende, sodass ich alle paar Schritte irgendeinem Erwachsenen vor die Füße lief. Oben fand ich schließlich Waffles.

»Waffles! Wo ist euer Telefon?«

»Hey, Nelle, hast du Foxglove gesehen? Er ist verschwunden und niemand kann ihn finden.« Er wirkte ziemlich aufgelöst. »Ohne ihn funktioniert hier nichts.«

»Vergiss Foxglove!«, rief ich. »Wo ist das Telefon?«

»Da drüben steht eins«, antwortete er und zeigte drauf. Ich rannte hin, nahm den Hörer ab und fing an, Bobbys Nummer zu wählen. Die Wählscheibe machte *rrrtttt* … *rrrttt* … und ich knurrte »Komm schon, *komm* schon!«, bis ich endlich die gesamte Nummer gewählt hatte und das vertraute Tuten mir verriet, dass eine Verbindung aufgebaut wurde.

Es klingelte eine Ewigkeit, aber zu guter Letzt hob jemand ab.

»Hallo?«

»Mrs Singh! Ich dachte, Sie sind im Krankenhaus.«

»Nelle, wie schön von dir zu hören! Das war ich auch.« Selbst durchs Telefon klang es, als würde sie lächeln. »Aber angesichts der Schwierigkeiten, in die sich meine Jungs hier gebracht haben, habe ich es da keinen Tag länger ausgehalten.«

»Ich bin so froh, dass es Ihnen wieder besser geht. Ist Bobby da?«

»Wie nett, dass du dich meldest«, erwiderte sie. Dann hörte ich, wie sie am Hörer vorbeirief: »Bobby? Es ist Nelle!«

Gleich darauf ertönte seine Stimme in meinem Ohr: »Hey, Nelle.«

»Hey, Bobby. Hör zu, Tidbeck und Webber sind auf dem Weg zu dir. Ich glaube, sie stecken auch hinter dem Brandanschlag auf euren Laden. Mach, dass du wegkommst!«

»Das ist mir egal«, antwortete er. »Ich bin raus aus dem Süßigkeitengeschäft, Nelle. Ein für alle Mal.«

»Und danach wollen sie zu mir!«, sagte ich.

»Dann sieh zu, dass du dich von ihnen fernhältst«, antwortete er. »Was willst du eigentlich von mir, Nelle? Ich hab dir doch gesagt, dass das Spiel für mich vorbei ist.«

»Das ist es also für dich?«, fragte ich wütend. »Bloß ein Spiel?«

»Natürlich nicht!« Ich konnte ihn schnauben hören. »Jemand hat mein Zuhause abgefackelt. Mein Dad wäre beinahe ums Leben gekommen. Das ist es nicht wert, Nelle. Gib auf. Lass es einfach gut sein. Wenn du weiter deine Nase in Angelegenheiten steckst, die dich nichts angehen, könntest du ernsthaft verletzt werden.«

Ich ballte die Fäuste vor Wut. Nach allem, was passiert war, schlug ausgerechnet Bobby vor, ich solle mich aus der Sache raushalten? Das war doch nicht zu fassen!

Allerdings wurde mir schnell klar, welche Angst er haben musste. Meine Finger entspannten sich und ich sagte: »Es tut mir leid.«

»Nelle … *du* kannst doch nichts dafür«, erwiderte er sanft.

»Das weiß ich, Bobby!«, entgegnete ich. Er schwieg.

»Du kannst jetzt nicht einfach hinwerfen, das weißt du«, drängte ich.

Er zögerte.

»Ich weiß«, sagte er schließlich.

Und dann: »Du solltest jetzt besser auflegen. Ich glaube, ich kann sie schon sehen.«

So schnell ich konnte, radelte ich den Sternwood Drive entlang. Ich hatte mir etwas Zeit verschafft, aber ich musste Mr Farnsworth irgendwie finden – ich musste ihn *warnen*! Als ich zu Hause ankam, sprang ich vom Fahrrad, rannte in mein Zimmer und packte das Nötigste zusammen. Ich würde die Wahrheit herausfinden!

Das Haus war dunkel. Meine Mom war unterwegs. Ich war alleine.

Ich zog mir dunkle Kleidung und bequeme Schuhe an und schnappte mir eine Taschenlampe. Auf dem Weg nach draußen blieb mein Blick an etwas Glitzerndem unter dem Küchentisch hängen. Ich kniete mich hin und hob es auf.

Ich starrte es an.

Es lag klein und rund in meiner Handfläche.

Eine glänzende Glasmurmel.

Als ich klopfte, steckte Cody seinen kleinen Wuschelkopf aus der Tür und lächelte mich so vertrauensvoll an wie immer. Ich wartete, bis er nach draußen in den Garten gekommen war.

»Hey, Nelle«, sagte er.

»Hey, Cody.«

»Was hast du da, Nelle?«

»Eine Murmel, Cody.«

»Ich mag Murmeln«, sagte er.

»Ich weiß.«

Er sah mich arglos an.

»Warum hast du das getan, Cody?«, fragte ich.

»Was meinst du, Nelle?«

»Warum hast du Eddies Teddy gestohlen?«

Sein Lächeln erlosch und wich einem beinahe verletzten Ausdruck, so als hätte ich ihn gerade persönlich beleidigt.

»Ich habe ihn nicht *gestohlen*«, beteuerte er.

»Komm schon, Cody.«

»Hab ich wirklich nicht! Ich hab nur … Er sah einfach so einsam aus in diesem Regal und ich dachte, es hätte bestimmt niemand etwas dagegen.«

»Moment«, unterbrach ich ihn. »Du hast ihn auch vom *Spielplatz* gestohlen?«

»Na ja … schon.«

Damit hatte ich nun wirklich nicht gerechnet.

»Du hast ihn also einfach aus dem Regal genommen?«

»Ja. War gar nicht schwer.«

Er blickte auf seine Füße.

Sein Geständnis kam völlig überraschend. Aber als ich so darüber nachdachte, ergab alles plötzlich viel mehr Sinn.

»Ich dachte nicht, dass das irgendwem was ausmacht«, murmelte er.

»Aber das hat es«, antwortete ich. »Und zwar allen möglichen Leuten.«

»Ja. Deswegen hab ich es auch Eddie erzählt und ich habe ihn ihm zurückgegeben.«

»Du hast ihm den Teddy *zurückgegeben?«* Auch damit hatte ich nicht gerechnet. Der kleine Cody steckte wirklich voller Überraschungen.

»Ja, klar. Aber dann hat Eddie angefangen, sich Sorgen zu machen. Ich glaube, er ist zu dir nach Hause gegangen und hat ihn dort versteckt. Wahrscheinlich dachte er, bei dir wäre der Teddy sicher. Er musste für eine Weile verschwinden.«

»Danach bist du zu *mir* gekommen und hast ihn noch mal gestohlen?«, fragte ich.

»Das musste ich, Nelle! Ich musste doch auf ihn aufpassen. Ich dachte, du hast bestimmt nichts dagegen.«

»Na ja, jedenfalls hast du dabei deine Murmel verloren«, erwiderte ich.

»Behalte sie«, sagte er. »Hier.« Er holte eine Handvoll Murmeln aus seiner Hosentasche und gab sie mir.

Ich wusste nicht, was ich sagen sollte. Um ihn nicht vor den Kopf zu stoßen, steckte ich sie ein.

»Es tut mir echt leid«, beteuerte er. »Ich wollte wirklich nicht …«

»Ich weiß«, versicherte ich. »Ich weiß.«

Plötzlich schlang er seine Arme um mich. Ich drückte ihn fest. Wie klein er doch war!

»Ist schon gut, Cody«, sagte ich verlegen und streichelte ihm über den Kopf.

Er ließ mich los und strahlte mich wieder mit seinem vertrauensvollen Lächeln an.

»Ich hab bloß drauf aufgepasst«, wiederholte er.

»Kannst du ihn für mich holen?«, fragte ich.

»Na klar.«

Er ging ins Haus und kam wenig später mit dem Teddy wieder nach draußen.

Ich nahm den Bären entgegen. Er blickte mich aus seinem verbliebenen Auge voller Zuneigung an.

Das war ganz eindeutig der Farnsworth-Teddy.

Ich drückte ihn an mich.

»Du passt doch gut auf ihn auf, ja?«, fragte Cody.

»Das mach ich. Versprochen«, antwortete ich.

»Okay. Gut.« Er wirkte erleichtert. »Eddie hat nämlich gesagt, ich hätte ihn nicht nehmen sollen.«

»Eddie hat das gesagt? Wann?«

»Nachdem ich ihn mir genommen hatte.«

»Das erste oder das zweite Mal, Cody?«

Er sah mich verwirrt an. »Ist das wichtig?«

»Sehr wichtig, Cody!«

»Das zweite Mal. Nachdem Eddie ihn dir zum Aufpassen gegeben hat.«

»Aber … Soll das heißen, du hast mit Eddie geredet, *nachdem* er verschwunden ist?«

»Ja, klar. Ich meine …«

Er zuckte mit den Schultern. Ich packte ihn an den Oberarmen und hielt ihn sanft, aber doch so bestimmt fest, dass er sich nicht einfach losmachen konnte. »Jetzt hör mir genau zu, Cody«, sagte ich. »*Wo ist Eddie?«*

Er sah hoch. Ich folgte seinem Blick. Er schaute geradewegs zum Hügel. In dem Moment wusste ich ganz genau, dass ich mit meiner Vermutung die ganze Zeit richtiggelegen hatte: dass Eddie sich an dem einen Ort versteckte, wo niemand nach ihm suchen würde.

In der Schokoladenfabrik.

Aber ich hatte sie einmal komplett umrundet. Das ganze Ding war fester verschlossen als ein Gefängnis. Die Tore waren verriegelt, die Mauern zu hoch, um drüberzuklettern, und auch sonst gab es nirgends einen Weg hinein …

Ich sah Cody fest in die Augen.

»*Wie* bist du in die Schokoladenfabrik gekommen?«, fragte ich.

Er lächelte, als sei das doch wohl vollkommen offensichtlich. Als verstünde er gar nicht, warum ich ihn das überhaupt fragte.

»Durchs Abwasserrohr«, erklärte er.

Kapitel 29

Iiih!«, sagte ich.

Wir befanden uns irgendwo am Fuß des Hügels, unterhalb der Schokoladenfabrik. Die riesigen Schlünde der Kupferrohre ragten ein ganzes Stück über uns seitlich aus dem Fels. Ein braunes Rinnsal tröpfelte heraus und mischte sich mit dem Abwasser aus den anderen Rohren, von wo es bergab ins Meer floss.

Der Gestank war schlichtweg widerlich: eine Mischung aus ranziger Butter, altem Bratfett und schmutzigen Windeln, mit einem Hauch von vergammelten Eiern, verbranntem Teppich, Erbrochenem und Käse.

Und dann waren da noch die … Stückchen, die im Wasser trieben.

Ich wollte lieber nicht so genau wissen, was das war, und versuchte sie zu ignorieren.

»Ich dachte …« Mit zugehaltener Nase zu sprechen

war gar nicht so einfach. »Ich dachte, die Fabrik wäre geschlossen.«

»Ja, und?«, erwiderte Cody.

»Warum kommt dann … Zeug aus den Rohren?«, fragte ich.

Cody zuckte mit den Schultern. Ich sah mir das Wasser aus dem Rohr genauer an. Es glänzte ölig. Aus den anderen Rohren kamen die typischen Haushaltsabfälle. Weitere Fabriken gab es hier nicht.

»Komm«, sagte Cody und kletterte los. Der steile Hang war mit grau-weißen Steinen übersät, an denen er sich festhielt und hochzog.

Er bewegte sich schnell und mühelos. Ich folgte ihm deutlich langsamer.

Als wir am Hauptrohr ankamen, veränderte sich der Geruch. Es stank immer noch ziemlich übel, aber dazwischen mischten sich die vertrauten Noten von Kakaobutter, Kokos und Kaffeepulver. Nur der Boden des Rohrs war mit Wasser bedeckt, das eine hellbraune Färbung hatte.

Im Rohr selbst war es dunkel. Ich schaltete die Taschenlampe ein und folgte Cody.

Das Mondlicht reichte nur wenige Schritte weit. Danach verschwand die Mündung des Rohrs so vollständig in der Dunkelheit, dass es beinahe den Anschein hatte, als sei sie nie dagewesen. Um uns herum war es stockfinster und ich konnte hören, wie sich vor uns im Wasser etwas bewegte. Codys kleines Gesicht wirkte ängstlich, aber er ging entschlossen voran. Ein Stück weiter führte das Rohr plötzlich aufwärts, was das Laufen um einiges schwieriger machte. Ich versuchte, mich an den Wänden abzustützen, doch die waren so schleimig, dass ich die Hände mit einem »Iiih!« zurückzog und mir schleunigst an der Hose abwischte.

»Psst!«, zischte Cody und blieb wie angewurzelt stehen. Ich verharrte genauso reglos.

»Was?«

»Psst!«

Ich spitzte die Ohren. Und dann hörte ich es.

Im ersten Moment hielt ich es für das Klopfen meines eigenen Herzens. Doch dann erkannte ich, dass es ein echtes Geräusch war.

DUM.

Der Klang vibrierte durchs Rohr. Er drang durch die Sohlen meiner Schuhe und stieg bis in meine Beine hoch.

DUM.

Das Dröhnen setzte sich durchs ganze Rohr fort. Es brachte das Wasser zum Zittern und Schwappen, und als ich die Taschenlampe nach unten richtete, sah ich, wie sich mein Spiegelbild auf der Oberfläche kräuselte.

DUM.

DUM.

DUM.

DUM.

Dann war es vorbei, genauso plötzlich, wie es begonnen hatte. Stille kehrte ein, doch es war eine unheimliche Stille, die fast schlimmer war als das …

DUM.

»Das war nur das Rohr«, sagte ich, auch wenn das nicht mal mich selbst überzeugte.

DUM.

»Da klopft eine Maschine gegen das Rohr oder …«

DUUUUUMMM!

Ich zuckte zusammen. Das Donnern dröhnte mit solcher Wucht hindurch, dass es mir in den Zähnen wehtat. Das Wasser schwappte platschend umher.

»Wir müssen zurück!«, rief Cody.

»Das geht nicht!«, erwiderte ich. »Komm schon, Cody. Nimm meine Hand.«

»Nein, Nelle. Komm mit mir zurück …«

DUM DUM DUM DUUUUUMMM!

Ich konnte ihn nicht aufhalten. Das wollte ich auch gar nicht. Cody rannte los, in die Richtung, aus der wir gekommen waren. Ich rief ihm nach, doch der Klang meiner Stimme wurde von dem immer lauter werdenden Hämmern verschluckt.

»Oh, nein!«, sagte ich, wenn auch mehr zu mir selbst.

DUM! DUM! DUM! KRACH!

Ich sah auf meine Füße. Das Wasser stieg. Die Strömung nahm rapide zu.

Ich sprintete los, allerdings nicht zurück, sondern weiter vorwärts. Ich wusste, dass es verrückt war, aber ich konnte nicht anders. Ich rannte, so schnell das in dem ansteigenden Wasser ging. Das Hämmern wurde noch stärker. Inzwischen dröhnte es überall um mich herum, gemischt mit dem *KLONG-WUMP-DRRRR* riesiger Maschinen.

Sie erwachten zum Leben.

In der Ferne hörte ich das Rauschen von Wasser. Meine Füße *PLITSCH-PLATSCH-PLOTSCHTEN*. Die Taschenlampe fiel mir aus der Hand und wurde von der Strömung weggespült. Inzwischen ging mir das Wasser bereits bis zu den Knien und es stieg immer weiter.

Die Wände waren glitschig und ich konnte mich nirgends festhalten.

Das Rauschen des Wassers kam näher und näher. Hilflos kämpfte ich mich weiter vor. Auf keinen Fall würde ich umkehren. Das konnte ich nicht.

Das Wasser strömte auf mich zu. Nicht mehr lange und es würde mich wie eine Stoffpuppe mitreißen.

Wie Abfall. Ich würde gegen die Wände des Rohrs geschleudert und zurück nach draußen gespült werden, bis hinaus ins Meer.

Aber ich konnte jetzt nicht aufgeben.

Dann sah ich es.

Ein Fünkchen Licht am Ende des Tunnels. Ich nahm all meine Kraft zusammen und beschleunigte meine Schritte.

Da!

Einige Meter weiter gabelte sich das Rohr. Vor mir lagen zwei dunkle Mündungen – aber ich glaubte am Ende der einen ein schwaches Licht flackern zu sehen. Keuchend stemmte ich mich gegen das Wasser. Es war nicht kalt, aber es fühlte sich ölig und eklig an. An der Oberfläche trieben zerbrochene Kokosnussschalen, zerrissene Jutesäcke und einzelne Fäden. Alles roch nach schmieriger, ranziger Butter.

Ich würde es nicht schaffen.

Jetzt ging es nur noch darum, den nächsten Schritt zu machen. Und noch einen. Und noch einen.

DUM.

DUM.

DUM.

DUM.

KRACH!

Ich tauchte unter.

Ich hatte Wasser in den Augen und in den Haaren und ich konnte rein gar nichts sehen. Ich trieb orientierungslos in einem dunklen Fluss und einen Moment lang wusste ich nicht mal mehr, wo oben und unten war. Dann öffnete ich die Augen. Der Lichtfunke war immer noch vor mir, am Ende des linken Rohrs. Ich strampelte mit den Beinen, bis einer meiner Füße die Wand traf und daran entlangrutschte. Trotzdem gelang es mir, mich abzudrücken. Ich ruderte mit den Armen und warf mich vorwärts – und plötzlich war ich frei.

Ich fiel durch eine Wasserwand und landete an der kühlen, segensreichen frischen Luft. Bäuchlings plumpste ich auf den Boden des linken Rohrs, während das Donnern des Wassers weiter anschwoll, bis sich schließlich eine wahre Sturzflut durch das rechte Rohr ergoss. Die Stelle, an der ich mich gerade eben noch befunden hatte, wurde vollkommen überschwemmt. Auf Händen und Füßen krabbelte ich weiter, nur weg von der Gefahr. Doch ich war höher, als der Wasserspiegel reichte, und damit in Sicherheit. Und sehr, sehr nass und erschöpft.

Eine Weile lag ich da wie ein gestrandeter Fisch und sah zu, wie das Wasser gurgelnd durchs Rohr strömte. Ich hörte das Scheppern und Dröhnen und Pochen von Maschinen – einige davon in weiter Ferne, andere ganz in der Nähe.

Die Fabrik erwachte.

Nach drei langen Jahren erwachte sie endlich wieder aus ihrem tiefen Schlummer.

Mühsam richtete ich mich auf und blickte mich um. Vor mir lockte immer noch das Licht. Ich lief zum Ende des Tunnels. Dieser Teil hier war offenbar ein Zugang für Wartungsarbeiten. Jetzt wusste ich, dass ich nah dran war … ganz nah am Herzen der Fabrik.

Am Ende des Tunnels befand sich eine kleine, ganz normale Holztür.

Ich öffnete sie.

Kapitel 30

Ich trat hinaus ins Sternenlicht. Warmer Wind strich mir über den Rücken. Die Tür, durch die ich gerade gekommen war, gehörte zu einem großen, würfelförmigen Ziegelbau. Ein Schild verkündete in verblichener Schrift: Abwasserbeseitigung – Unbefugten ist der Zutritt strengstens verboten.

Ich befand mich irgendwo am hinteren Ende des Fabrikgeländes. In der Ferne konnte ich gerade noch den Seiteneingang ausmachen, neben dem zwei Laderampen vor sich hinrosteten.

Die äußeren Gebäude lagen im Dunkeln, doch das größte von ihnen stand in der Mitte: ein weitläufiger, imposanter Ziegelbau mit kleinen, hoch oben in die Mauern eingelassenen Fenstern, aus denen ein gleißendes Licht drang, dessen Schein so hell war, dass er sogar das Mondlicht überstrahlte.

Das war die Werkhalle, das Herz der Schokoladenfabrik.

Dort spielte sich die gesamte Magie ab.

Vom Licht angezogen, ging ich darauf zu. Ich spürte das Dröhnen der Maschinen unter meinen Füßen, ein anhaltendes Brummen, das den Boden zum Vibrieren brachte.

Im Gehen sah ich, wie sich die Fabrik auf dem riesigen Gelände verteilte: All die riesigen, klotzigen Gebäude, die im Lauf der Jahre dazugekommen waren, seit der alte Farnsworth vor langer, langer Zeit die ersten Versuche der Schokoladenherstellung in einem Schuppen hinter dem Wohnhaus der Familie unternommen hatte. Das war jedenfalls die Geschichte, die man mir immer erzählt hatte. Eine Geschichte von bescheidenen Anfängen, in der aus der einfachen Liebe zu Schokolade ein weltweites Imperium entstanden war. Die Wahrheit sah vermutlich etwas anders aus.

Diese Gebäude hier waren auf jeden Fall alt und für die Ewigkeit gebaut. Oder zumindest für viele, viele Jahre.

Das hier war schon immer eine Fabrik gewesen.

Weit in der Ferne lag das Haupttor und davor befand sich der große Vorplatz, auf dem sich die Arbeiter jeden Morgen versammelt hatten. Er war so groß wie ein Fußballplatz und vollkommen leer. Nichts rührte sich. Weit und breit war nichts Lebendiges zu sehen.

Nichts außer mir.

Ich ging auf das Hauptgebäude zu und rüttelte an der Tür, doch sie war natürlich verschlossen. Während ich es auf der Suche nach einem anderen Eingang umrundete, spürte ich, wie das Dröhnen der Maschinen weiter zunahm. Inzwischen hatte es eine solche Intensität erreicht, dass es mich von Kopf bis Fuß durchschüttelte. Ich fühlte es in meinen Füßen, meinen Zähnen, auf meiner Zunge. Mir standen die Haare zu Berge.

Dann stieß ich auf den Seiteneingang. Ich drückte gegen die Tür.

Sie ging auf.

Was ich irgendwie schon geahnt hatte.

Ich trat ein.

Und fand mich im Inneren der Werkhalle wieder.

Weit, weit über mir erstreckte sich die Fabrikdecke.

Ich kam mir winzig vor, als ob ich in einer Kathedrale stehen würde. Das Licht schien gleichmäßig von dort oben herab und wo ich auch hinschaute, war alles voller Maschinen.

Die jetzt auf Hochtouren liefen.

Sie rumpelten und trillerten, bebten und klapperten.

Mixer und Zentrifugen, Röster und Temperiergeräte, Raffineure und Schrotmühlen, Öfen und Kühlräume, Glasurbänder und Verpackungsanlagen!

Die Maschinen spuckten endlos Schokolade aus. Perfekt geformte Riegel plumpsten aufs Fließband und wurden ans andere Ende transportiert, wo sie automatisch eingewickelt und in Kisten verpackt wurden, die sich bereits an der Wand stapelten.

Eine Weile stand ich einfach nur da und nahm das bunte Treiben in mich auf. Alles andere war für den Moment vergessen. Die Welt duftete wieder nach Schokolade. Nach Milch und Mandeln, Erdbeeren und Vanille. Sie duftete nach Pfirsich, nach Himbeere und Orangenblütenaroma. Nach Kaugummi, Minze und gebackenen Knusperwaffeln. Sie duftete wie damals, als die Welt noch in Ordnung war.

»Wunderschön, nicht wahr?«, meldete sich eine Stimme zu Wort. Erst da merkte ich, dass ich die Augen geschlossen hatte.

Ich kannte diese Stimme.

Ich schlug die Augen auf.

Waffles McKenzies Butler stand mit hochgekrempelten Ärmeln vor mir und kaute auf einer Schokozigarre herum, während er mich aus seinen großen, traurigen Augen beobachtete. Mir fiel auf, dass sie die

Farbe von Schokolade hatten, und ich fragte mich, warum ich das erst jetzt bemerkte.

Neben ihm stand Eddie.

»Miss Faulkner«, sagte der Butler mit seiner sanften, traurigen Stimme.

»Hallo, Mr Farnsworth«, erwiderte ich.

Kapitel 31

Ich saß zum Trocknen neben einem der gigantischen Öfen. In der Luft hing das Aroma von frischem Gebäck.

»Sie waren das«, sagte ich. »Die ganze Zeit schon.«

Der Butler und Eddie spielten Karten mit Schokotalern als Einsatz. Eddie gewann. Er warf mir ein verlegenes Lächeln zu, sah mir aber nicht in die Augen. Er wusste, dass ich wütend war. Immerhin hatte er mich in das alles überhaupt erst mit reingezogen und während ich dort draußen herumgelaufen war und versucht hatte, den Fall zu lösen, hatte er hier sicher in seinem Versteck gehockt.

Foxglove – Mr Farnsworth – hielt den pitschnassen Teddy in den Armen. Plötzlich erhob er sich und fing an, in der Fabrik auf und ab zu laufen. Das Kartenspiel war vergessen. Er war genau wie der Butler und doch irgendwie ganz anders. Er sah aus wie er, aber seine Bewegungen zeugten von einer Energie, die er offensichtlich nur schwer im Zaum halten konnte, und um seinen Mund hatte sich ein neuer, wild entschlossener Zug eingegraben.

»Danke, dass du mir meinen Teddy zurückgebracht hast«, sagte er.

»Das war alles meine Schuld«, meinte Eddie. »Ich hätte dich da nicht mit reinziehen sollen, Nelle.«

»Ist dir eigentlich klar, in welche Schwierigkeiten du uns alle gebracht hast?«, fragte ich. Ich schrie beinahe.

»Das war nicht meine Absicht«, beteuerte er. Er wirkte zerknirscht. »Nelle, ich hatte keine *Wahl*! Sie waren hinter mir her, aber für sie war ich bloß ein Kind, genau wie du. Der Einzige, auf den sie es wirklich abgesehen hatten, war Mr Farnsworth.«

»Sie.« Ich zeigte anklagend auf den ehemaligen Butler.

»Jawohl, Miss Faulkner.«

»Kommen Sie mir nicht mit ›Miss Faulkner‹!«, fauchte ich. »Sie haben sich die ganze Zeit direkt vor unserer Nase versteckt. Und das als … *Butler*?«

»Das ist ein Beruf mit einer langen und höchst respektablen Tradition«, entgegnete Mr Farnsworth. »Aber du wusstest es doch, oder? Du wusstest es schon vor heute Abend.«

»Ich hatte einen Verdacht«, antwortete ich. Ich ließ mir das alles durch den Kopf gehen. Endlich fügte sich das Puzzle zusammen. »Sie haben Waffles geholfen, seine Gang zu gründen. Warum? Um die Prohibition zu bekämpfen? Damit haben Sie doch bloß dem Candy-Konsortium geholfen!«

»Der Feind meines Feindes ist mein Freund«, sagte Mr Farnsworth sanft. »Und abgesehen davon: Wie sollte ich sonst wissen, was sie vorhaben? Ich brauchte einen Weg, möglichst nah an ihnen dranzubleiben.«

Ich ergänzte: »Und als Butler haben Sie alles mitbekommen, ohne dass jemand bemerkte, dass Sie da waren.«

»Niemand würde jemals den Butler verdächtigen«, erwiderte Mr Farnsworth, besaß jedoch den Anstand, dabei einigermaßen betreten dreinzuschauen.

»Nelle …«, setzte Eddie an.

»Oh nein! Jetzt zu dir!«, fauchte ich. »*Dir* hat er auch geholfen, oder? Er hat dich mit allen Süßigkeiten versorgt. Mit den Produktionsüberschüssen von früher. Nur damit du dich hier als der Obergangster aufspielen konntest. Dabei warst du nicht mal ein richtiger Schmuggler – du musstest die ganzen Sachen ja gar nicht erst heimlich in die Stadt schaffen. Sie waren längst hier.«

»Sie haben die Fabrik komplett leergeräumt«, erklärte Mr Farnsworth. »Aber die alten Keller haben sie nicht gefunden. Ich habe schon Monate im Voraus angefangen, heimlich mehr zu produzieren. Mir war klar, dass der Tag irgendwann kommen würde, da meine Fabrik Vergangenheit ist. Ich wollte es zwar nicht glauben, habe mich aber trotzdem zur Sicherheit darauf vorbereitet. Ich hatte ja genug Platz, alles zu lagern.«

»Und Sie konnten durch das Abflussrohr hier unbemerkt ein- und ausgehen«, sagte ich.

»Ja.«

»Es war kinderleicht. Niemand würde es jemals rausbekommen, weil ja alle wussten, dass die Fabrik geschlossen war. Verlassen. Leer.«

»Willst du die Wahrheit wissen, Nelle? Ich bin das Opfer einer gigantischen Verschwörung! Das Candy-Konsortium« – er spuckte den Namen förmlich aus – »ist doch nur eine Bande von billigen Nachahmern! Diese Möchtegern-Chocolatiers! Verräter! Mörder! Dabei wollte ich die Menschen bloß glücklich machen. Mit meiner Schokolade. Süßigkeiten *machen* glücklich, Nelle. Das haben sie mir einfach weggenommen.«

»Sie verstehen das nicht!«, rief ich. Mit diesem Verhör verschwendeten wir wertvolle Zeit und er wusste es nicht mal. »Es geht nicht um das Konsortium. Nicht mal um Ihre Süßigkeiten. Es geht um die *Fabrik*, Mr Farnsworth.«

»Was ist damit?«

»Bürgermeister Thornton möchte sie abreißen! Er will hier neue Wohnhäuser bauen.« Ich holte tief Luft. »Er will das *Gelände*, Mr Farnsworth. *Deswegen* suchen diese beiden Polizisten von der Prohibitionsbehörde nach Ihnen.«

Mr Farnsworth starrte mich mit offenem Mund an.

»Das würde er nicht tun!«, sagte er. Dann kniff er die Augen zusammen und seine Züge bekamen etwas Hartes, das mir ganz und gar nicht gefiel. »Das kann er vergessen. Er kriegt das Gelände nicht! Ich …«

Bevor er weiterreden konnte, ertönte in der Ferne ein gewaltiges Krachen. Sein Mund verzog sich zu einer schmalen Linie.

»Sie kommen«, sagte er.

Ich sah mich in der Fabrikhalle um. Das Gebäude leuchtete in der Nacht wie die Kerzen auf einem Geburtstagskuchen. Kein Wunder, dass sie kamen. Dafür hatte Mr Farnsworth schon gesorgt.

Eddie schnitt mir eine ganze Reihe panischer Grimassen.

KLONG! KRACH! PENG!

Das Haupttor! Sie brachen das Haupttor auf!

»Miss Faulkner.« Mr Farnsworth klang jetzt wieder

ganz wie Foxglove, der würdevolle Butler. »Noch einmal vielen Dank, dass Sie mir meinen Teddy zurückgebracht haben. Aber jetzt sollten Sie lieber gehen. Ich möchte Sie nicht in Gefahr bringen.«

Ich starrte ihn ungläubig an.

Mr Farnsworth musterte mich traurig. Als hätte er meine Gedanken gelesen, fügte er hinzu: »Freunde zu finden ist mir noch nie leichtgefallen.«

Ich nickte. Mehr gab es anscheinend nicht zu sagen. In der Ferne ächzte das Haupttor. Es klang, als würde es nicht mehr lange standhalten.

»Auf Wiedersehen, Mr Farnsworth«, sagte ich.

»Auf Wiedersehen, Miss Faulkner.«

Er wandte mir den Rücken zu. Es schien fast, als hätte er bereits vergessen, dass ich da war.

Ich blickte zu Eddie hinüber. Er wirkte beunruhigt.

Mr Farnsworth begann, auf einem riesigen Bedienfeld Knöpfe zu drücken.

»Eddie, was macht er da?«, fragte ich.

»Er wusste, dass das eines Tages passieren würde«, antwortete Eddie. »Er hat für diesen Fall Pläne geschmiedet.«

»Was für Pläne?«, entgegnete ich. »Wir müssen hier raus!«

»Nein! Ich gehe nirgendwohin!«, rief Eddie. »Mr Farnsworth will die Fabrik wieder aufmachen. Er produziert bereits neue Süßigkeiten, Nelle! Er wird Bürgermeister Thornton die Fabrik niemals überlassen! Nie im Leben! Du wirst schon sehen. Alles wird gut, Nelle.«

Ich hätte ihm am liebsten eine reingehauen. Doch dann wurde mir klar, dass er hinter seiner harten Schale einfach nur einsam und verängstigt war.

»Ich habe deiner Grandma versprochen, dass ich dich heil zurückbringen würde«, erwiderte ich sanft.

KRACH! KNARZ …

BUMM.

Wir sahen einander an. Mr Farnsworth marschierte mit großen Schritten über die Plattform und lief die Metalltreppe zur Produktionshalle hinab. Kurz darauf war er aus unserem Blickfeld verschwunden.

»Eddie, wir müssen hier weg. Wir stecken sonst in ernsthaften Schwierigkeiten!«

Irgendwas an meinem Tonfall musste selbst seinen Dickschädel durchdrungen haben, denn er nickte. Ich nahm seine Hand. Sie war trocken und warm. Gemeinsam rannten wir zur Treppe. In der Ferne hörten wir ein Auto, das in gemächlichem Tempo näher kam. Offenbar hatten sie es nicht eilig. Es hielt vor dem Gebäude. Der Motor wurde abgestellt.

Ich hörte, wie zwei Türen auf- und wieder zugingen.

Ich hörte die Schritte von zwei Paar Füßen auf dem harten, trockenen Untergrund.

Es war zu spät zum Weglaufen.

»Versteck dich!«, zischte ich.

»Wo?«, fragte Eddie.

Ich zog ihn hinter einen gläsernen Bottich, in dem rosafarbene Kaugummimasse träge vor sich hinblubberte. Mit einer Mischung aus Entsetzen und Faszination sah ich zu, wie die Masse von innen gegen das Glas quoll. Sie wirkte beinahe lebendig.

»Wir wissen, dass Sie hier drin sind, Farnsworth!«

Tidbecks Stimme schallte durch die weitläufige Halle.

Webber lachte hämisch.

»Sie können sich verstecken, wo Sie wollen, Farnsworth!«, rief er. »Wir finden Sie trotzdem!«

Von unserem Versteck aus konnte ich lediglich ihre Füße sehen: Tidbecks schwarze, auf Hochglanz polierte Schuhe und Webbers schlammbespritzte Stiefel.

Sie standen still und warteten.

Einen Moment lang waren alle menschlichen Stimmen verstummt. Die Einzigen, die miteinander kommunizierten, waren die Maschinen, die ungerührt vor sich hin walzten und tuckerten, während sie mehr und mehr Süßigkeiten produzierten. Dann durchschnitt ein kaltes, hartes Lachen die gleichmäßige Geräuschkulisse. Es schien aus allen Ecken gleichzeitig zu kommen. Mir standen die Haare zu Berge. Es klang so klar wie ein Glockenschlag im Winter und so rein wie frisch gefallener Schnee. Ich sah, wie Webber einen Schritt zurücktrat, und hörte das Geräusch von Metall auf Leder, gefolgt von dem unverkennbaren Klicken einer Waffe, die gerade entsichert wurde.

Eddie umklammerte meine Hand. Wir sahen einander an.

Jetzt hatten wir beide Angst.

»Kommen Sie raus, Farnsworth!«, rief Tidbeck, doch ihre Stimme hatte nichts mehr von ihrer ursprünglichen Überheblichkeit. In der weitläufigen Halle klang sie dünn und verloren. »Das hier ist kein Spiel!«

»Ganz im Gegenteil«, erwiderte Mr Farnsworth. Es klang, als stünde er direkt hinter den beiden Polizisten. Ganz vorsichtig lugte ich um den Glasbottich herum. Beide Polizisten drehten sich um und richteten ihre Waffen auf die Stelle, aus der die Stimme gekommen war – doch dort war niemand.

»Das gehört zu seiner Überwachungsanlage«, raunte Eddie mir zu. »Damit kann er jeden Bereich der Produktionshalle einsehen und gezielt ansprechen. Er meinte, sie hätten ihm zwar die Arbeiter genommen, aber die Maschinen konnten sie ihm nicht wegnehmen – und jetzt machen die Maschinen die Arbeit eben allein. Er muss nur die richtigen Knöpfe drücken.«

In dem Moment gab die Kaugummimaschine, hinter der wir uns versteckten, ein hohes Jaulen von sich, bei dem mir ganz flau im Magen wurde. Die Kaugummimasse platzte wie eine riesige Blase auseinander und spritzte gegen die Innenseite des Glases. Ich nahm Eddies Hand und wir rannten los, so schnell wir konnten.

»Was war d…«, setzte Tidbeck an. Weiter kam sie nicht, denn in diesem Augenblick explodierte der Glasbottich.

Glasscherben flogen durch die Luft und prasselten wie Regen auf uns herab. Ich konnte nicht anders – ich musste mich einfach umdrehen. Eine glibberige rosafarbene Pampe spritzte aus der Maschine. Stücke klebriger Kaugummimasse verteilten sich überall an den Wänden und auf dem Boden.

Ich sah, wie Tidbeck mit erhobenem Arm herumwirbelte – und gleich darauf von einem riesigen Schwall Kaugummimasse getroffen wurde.

Sie kreischte vor Wut, während sie fast vollständig von der Pampe verschlungen wurde. Sie versuchte, sich freizukämpfen, doch das Zeug klebte hartnäckig an ihr fest. An der Luft fing es außerdem an auszuhärten und so wurden ihre Bewegungen immer langsamer.

»Holen Sie mich hier *raus!*«, schrie Tidbeck. Mr Farnsworths kaltes, körperloses Gelächter schallte durch die Halle. Webber fluchte und eilte seiner Kollegin zu Hilfe. Irgendwoher förderte er ein Messer zutage, mit dem er das rosafarbene Kaugummi von ihr abschabte, so gut es ging.

Als sie sich endlich wieder bewegen konnte, schäumte sie vor Wut.

»Das war ein gewaltiger Fehler, Farnsworth«, fauchte Tidbeck. Eddie und ich hatten auf einer der Plattformen über der Waffelpresse ein Versteck gefunden. Riesige Knusperwaffelquadrate kamen aus einem Ofen, wurden präzise zerteilt und passgenau auf die Füllung gedrückt. Von hier oben hatten wir alles im Blick.

Tidbeck schritt mit der Pistole in der Hand in die Hallenmitte wie ein Revolverheld in einem alten Western. Ihr Gesicht und ihre Kleidung waren mit rosafarbenen Flecken übersät.

Die Fließbänder rollten unbeirrt weiter und produzierten Schokoriegel um Schokoriegel. Tidbeck wischte sie voller Verachtung vom Band. Die Schokolade fiel auf den Boden und zerbrach. Mr Farnsworth stieß ein lautes Heulen aus, das durch die unsichtbaren Lautsprecher gellte.

Tidbeck lächelte.

Dann hob sie die Waffe, kniff ein Auge zu und drückte ab.

Kapitel 32

Der Schuss hallte durch den riesigen Raum. Weit, weit über uns explodierte ein Fass Schokoladenmilch.

Ein Regen aus Milch und Glasscherben ergoss sich über die Maschinen, floss einem braunen Wasserfall gleich zu Boden und sammelte sich dort zu einem lauwarmen Kakaosee.

Mr Farnsworth heulte erneut auf, war jedoch immer noch nirgends zu sehen.

»Ich kann die ganze Nacht so weitermachen!«, schrie Tidbeck.

Irgendwo in der Ferne schrillte ein Alarm los. Webber stapfte auf die Verpackungsanlagen zu, wo die Schokolade nach wie vor ungehindert vom Band rollte. Er griff nach einem langen Eisenstab und zog daran. Das Metall ächzte, bis es schließlich kreischend nachgab. Lächelnd packte Webber den Stab mit beiden Händen und ging damit auf die Verpackungsmaschinen los.

Das wunderschöne Einwickelpapier bekam Löcher und riss. Webbers Arme hoben und senkten sich so schnell, dass seine Bewegungen zu einem verschwommenen Fleck verschmolzen. Papierfetzen flogen umher wie Schmetterlinge, die in der Luftströmung auf und ab tanzten, und verteilten sich in der gesamten Halle.

Webber johlte vor Begeisterung. Tidbeck hob ihre Waffe und drückte erneut ab. Diesmal explodierte ein Berg aus kunterbunter Bonbonmasse.

»Au!«, sagte Eddie. Er fasste sich an die Wange und als er die Hand wieder wegnahm, war sein Finger rot und klebrig. Er steckte ihn in den Mund.

»Hey, das ist ja süß«, meinte er überrascht.

Er war von einem scharfkantigen Brocken Bonbonmasse getroffen worden.

»Aufhören!«, schrie Mr Farnsworth.

»Dann kommen Sie raus!«, brüllte Tidbeck. »Sie sind verhaftet!«

»Ich mache Sie fertig!«, erwiderte Mr Farnsworth. »Wie können Sie es *wagen,* hier einzudringen? Das ist *mein* Eigentum! *Meins!* Und Sie glauben, das könnten Sie mir einfach so wegnehmen? Ich habe nichts getan, außer die Menschen glücklich zu machen! Das hier ist *meine* Schokoladenfabrik und es wird auch immer eine Schokoladenfabrik bleiben! Wie können Sie es wagen, Sie …?« Er wusste nicht mehr weiter.

Tidbeck grinste höhnisch.

»Wem wollen Sie es denn erzählen?«, fragte sie. »Hier ist niemand, Farnsworth. Niemand außer uns.«

Sie hob ein weiteres Mal die Waffe und drückte ab. Das nächste Milchfass explodierte.

»Mit den besten Grüßen von Bürgermeister Thornton!«, rief Tidbeck.

Wieder heulte Farnsworth auf. Es war ein gequälter Aufschrei voller Schmerz und Entsetzen, der durch sämtliche Lautsprecher der Fabrik schallte.

»Kommen Sie raus oder das Ganze nimmt ein böses Ende!«, brüllte Webber. Er stand vornübergebeugt und stützte sich schwer atmend auf den Metallstab. Sein Gesicht war puterrot angelaufen. Fetzen von Einwickelpapier flatterten durch die Luft. Der ehemals blitzsaubere Boden war mit einer schmierigen Schicht zertretener Schokolade bedeckt. Die Wände waren voller Kaugummi- und Zuckerflecken. »Kommen Sie raus und wir lassen Gnade walten, Farnsworth! Hier ist niemand, der Ihnen helfen könnte!«

In dem Moment tat Eddie neben mir etwas sehr, sehr Dummes.

»Niemand außer *uns*!«, schrie er und richtete sich zu seiner vollen Größe auf. Was nicht besonders groß war, denn er war immer noch kleiner als ich, wenn auch nicht viel.

Die Polizisten drehten sich zu uns um. Tidbecks Gesicht verzog sich zu einer fiesen Grimasse, als sie uns erkannte. Webber sah einfach nur wütend aus.

»Kommt hier rüber, Kinder. Wir wollen doch nicht, dass euch etwas *zustößt*«, säuselte Tidbeck in einem unangenehm zuckersüßen Tonfall.

»Oh, Eddie, nein!«, stieß ich entgeistert hervor.

»Was?« Er wandte mir sein bleiches, sommersprossiges Gesicht zu. »Guck doch nur, was sie da machen!«, sagte er. »Wir könnten als Zeugen auftreten und allen davon erzählen. Sie würden uns bestimmt glauben, sie müssen …«

Und dann ging plötzlich alles ganz schnell.

Als Allererstes kam Webber auf uns zu. Er schien es nicht mal eilig zu haben: Anstatt zu rennen, stapfte er schwerfällig mit dem Eisenstab in den Händen in unsere Richtung. Hilflos sah ich mich um, bis mein Blick an der Leiter hängen blieb, die nach oben auf die höher gelegenen Rampen führte.

Ich zog Eddie hinter mir her zur Leiter. Meine Handflächen waren schweißnass, was das Klettern nicht gerade einfacher machte.

»Kommt da runter, Kinder!«, rief Webber uns nach. Als ich endlich oben angekommen war, beugte ich mich vor und streckte die Arme aus, um Eddie hochzuhelfen. Über seinen roten Schopf hinweg konnte ich die Werkhalle tief unter uns im Ganzen überblicken. Webber war uns jetzt dicht auf den Fersen, allerdings hatte er Mühe, die Sprossen hinaufzukommen. Er brach immer wieder ab, fluchte in einem fort, zog seine Hose hoch und richtete seinen Gürtel, bevor er sich schließlich doch noch an den Aufstieg machte.

»Beeil dich, Eddie!«

Ich zog ihn das letzte Stück über den Rand und er ließ sich neben mir auf den Metallboden fallen. Ich sah, wie Tidbeck sich unten suchend in alle Richtungen umblickte.

Die Lautsprecher blieben stumm. Plötzlich hörte ich, wie ein Motor ansprang. Wie wild drehte sich Tidbeck hin und her, hektisch auf der Suche nach dem Ursprung des Geräuschs. Währenddessen war Webber beinahe auf der Plattform angekommen, die wir soeben verlassen hatten.

Dann sah ich es.

Es war eines dieser Golfwägelchen, die sie früher hier in der Fabrik benutzt hatten, um schneller von einem Ort zum anderen zu gelangen.

Es war in Farnsworths Firmenfarben lackiert.

Es hatte ein offenes Dach.

Und hinter dem Steuer saß Mr Farnsworth und grinste wie ein Wahnsinniger.

Die Scheinwerfer erfassten Tidbeck. Sie drehte sich um. Mit einer Hand beschirmte sie ihre Augen, in der anderen hielt sie immer noch die Waffe.

Der Golfwagen ließ noch einmal den Motor aufheulen, dann raste er auf sie zu und fuhr sie über den Haufen.

Ich schrie.

Detective Tidbeck wurde durch den Aufprall zur Seite geschleudert. Sie rollte sich ab, doch dabei fiel ihr die Pistole aus der Hand und schlitterte über den Boden davon. Farnsworth jubelte triumphierend und machte sich daran, den Wagen schwungvoll zu wenden. Tidbeck rappelte sich auf. Ihr Gesicht war zu einer kaugummiverklebten, kakaoverschmierten Wutgrimasse verzerrt.

»Wir müssen etwas unternehmen!«, drängte ich.

»Ja, aber was?«, entgegnete Eddie.

Unter uns tastete Webber gerade nach den Sprossen der nächsten Leiter. Er sah mit einem unheilvollen Lächeln zu uns hoch.

»Na, dann unternimm auch was!«, rief Eddie.

In dem Moment fielen mir die Murmeln wieder ein,

die Cody mir geschenkt hatte. Ich hatte sie komplett vergessen, aber sie mussten immer noch da sein …

Ich schob die Hand in meine Hosentasche und schloss die Finger um die glatten Glaskugeln.

Ich zog sie heraus, streckte meine Hand aus und betrachtete sie einen Augenblick.

Dann ließ ich sie auf Webber hinabfallen.

Seine Füße standen immer noch auf der Plattform. Die Murmeln regneten mit einem leisen Klimpern auf ihn herab. Webber wirkte überrascht. Er versuchte, ihnen auszuweichen – und rutschte prompt darauf aus.

Er fiel um wie ein Sack Mehl.

Wir hörten ein lautes Plumpsen.

Und dann nichts mehr.

Als ich über den Rand unserer Plattform lugte, sah ich ihn friedlich auf dem Boden liegen. Er rührte sich nicht.

Ich wurde sehr, sehr still. Leise kletterte ich die Leiter hinunter, bahnte mir vorsichtig einen Weg zwischen den Murmeln hindurch und ließ mich die zweite Leiter hinabgleiten.

Eddie folgte mir.

Neben Webber blieben wir stehen. Zum Glück hob und senkte sich seine Brust gleichmäßig. Zumindest atmete er noch.

Auf seinem Gesicht stand immer noch der überraschte Ausdruck.

»Puh«, sagte Eddie. »Der wird ganz schöne Kopfschmerzen haben, wenn er aufwacht. Und alles andere wird ihm auch wehtun.«

»Meinst du?«

Ich war ziemlich durch den Wind, aber ich hatte keine Zeit, mir Gedanken über Webber zu machen und über das, was ich getan hatte. Denn nur ein paar Meter vor uns hatte Farnsworth inzwischen seinen Wagen gewendet und ihn erneut auf Tidbeck ausgerichtet.

Sie stand wackelig auf, die Waffe wieder in der Hand. Die musste sie sich irgendwie zurückgeholt haben, während wir mit Webber beschäftigt waren. Das Ding triefte nur so vor schmutzig brauner Schokoplörre.

Tidbecks Gesicht war hassverzerrt. Es sah aus, als hätte sie auf das bittere Weiße einer Zitronenschale gebissen.

»Stopp!«, schrie ich. Keiner der beiden beachtete mich.

Farnsworth ließ den Motor aufheulen.

Tidbeck richtete ihre Waffe auf ihn.

Ich rannte los.

Ich hatte keine Ahnung, wie ich sie aufhalten konnte. Ich wusste nur, dass ich es irgendwie versuchen musste.

Am Rande meines Bewusstseins nahm ich weitere Geräusche wahr: das Knirschen von Reifen auf Kies, entfernte Rufe. Ich war zu langsam. Ich würde zu spät kommen.

»Stopp!«

Alles lief wie in Zeitlupe und gleichzeitig viel zu schnell ab.

Farnsworth trat aufs Gaspedal und raste auf Tidbeck zu.

Er lächelte.

Ich hörte das kurze, scharfe Jaulen einer Polizeisirene draußen vor dem Gebäude.

Tidbecks Zeigefinger schloss sich um den Abzug der Pistole.

Ich rannte schnurstracks auf sie zu und warf mich auf sie.

Ihr Arm schwang zur Seite. Ein Schuss dröhnte durch die Halle. Fuchsteufelswild fuhr Tidbeck mit der Waffe in der Hand zu mir herum und schlug nach meinem Kopf.

Ich schaffte es gerade eben, mich wegzuducken. Es war so knapp, dass ich den Windhauch spürte, als ihr Arm über mich hinwegstrich. Daraufhin griff sie mir ins Haar und zog. Es tat höllisch weh.

»Glaubst du ernsthaft, du könntest dich mit mir anlegen, du kleines …«, zischte sie.

In dem Moment rammte der Golfwagen sie seitlich, wobei er mich nur um Haaresbreite verfehlte.

Detective Tidbeck verlor das Gleichgewicht. Ihr Finger schloss sich um den Abzug und aus ihrer Waffe löste sich ein Schuss.

Der Knall war so laut wie eine Explosion. Mir klingelten die Ohren.

Der Geruch von Schießpulver breitete sich aus. Ich schüttelte den Kopf, um wieder zu mir zu kommen.

Dann fiel mein Blick auf Mr Farnsworth.

Er saß zurückgelehnt im Fahrersitz und sah aus, als hätte es ihm den Atem verschlagen.

Tidbeck brach auf dem Boden zusammen.

Der Golfwagen rollte aus und Mr Farnsworth kippte seitlich hinaus.

Ich machte einen Schritt über Tidbeck hinweg und eilte zu Mr Farnsworth. Er blickte zu mir hoch und versuchte zu lächeln.

»Ich wollte doch … einfach nur … Süßigkeiten machen«, keuchte er. »Die haben mich … als Kind … immer glücklich gemacht.«

Wie aus der Ferne nahm ich das erneute Aufheulen einer Polizeisirene wahr, in das sich vielstimmiges Geschrei und das Geräusch rennender Füße mischte. Dann stand plötzlich Detective Levene vor uns und Hände griffen nach Mr Farnsworth, um ihn hochzuheben. Er nahm meine Hand.

»Sie lassen doch nicht zu … dass sie sie mir wegnehmen … oder, Miss Faulkner?«

Ich sah ihm in die Augen. »Sie müssen ins Krankenhaus«, entgegnete ich sanft. In seinem Blick konnte ich die Schmerzen, aber auch die Ängste erkennen, die er durchlitt. Schließlich nickte er, rang sich noch mal ein Lächeln ab und wurde dann hochgehoben und weggetragen.

»Detective Tidbeck?«, hörte ich Suzie Levene sagen. Sie kniete neben Tidbeck auf dem Boden und zückte gerade ihre Handschellen. »Hiermit verhafte ich Sie wegen des dringenden Tatverdachts auf Schmuggel, Erpressung, Korruption, mutwillige Zerstörung fremden Eigentums, Einschüchterung und versuchten Mord.« Sie fesselte Tidbeck die Hände auf den Rücken und half ihr auf die Füße. »Alles, was Sie sagen, kann und wird vor Gericht gegen Sie verwendet werden. Haben Sie das verstanden?«

»Was?« Tidbeck wirkte vollkommen überrumpelt. »Was?«

Ich drehte mich um. Hinter mir wurde Webber gerade von zwei anderen Polizisten abgeführt.

»Aber woher wussten Sie, dass wir hier sind?«, fragte ich.

»Hey, Nelle.«

Als ich mich umdrehte, stand Bobby Singh vor mir und lächelte.

»Hey, Bobby«, sagte ich und erwiderte sein Lächeln.

»Nachdem du angerufen hattest, bin ich sofort zu dir nach Hause gefahren. Nur um sicherzugehen, dass alles in Ordnung ist. Ich kam gerade rechtzeitig, um zu sehen, wie Cody und du euch auf den Weg zur Fabrik gemacht habt. Und da dachte ich mir: Ich wette, Nelle bringt sich mal wieder in große Schwierigkeiten«, erzählte er. »Womit ich gar nicht mal so falschlag, was, Nelle?«

Ich sah zu, wie Mr Farnsworth auf einer Trage aus der Halle geschoben wurde. Eddie lief neben ihm her, während Detective Levene Tidbeck in Handschellen abführte.

Durch das offene Hallentor konnte ich das Blaulicht der Polizeiautos sehen, hinter denen gerade die Morgendämmerung anbrach. In der Fabrik kehrte endlich Stille ein.

Alles war voller Glassplitter, Milchpfützen und Einwickelpapierfetzen. Die Maschinen rülpsten einen letzten Schokoriegel aus und verstummten. Der Schokoriegel glitt auf dem immer langsamer werdenden Fließband auf uns zu und blieb schließlich direkt vor uns liegen.

Ich streckte die Hand aus, brach ein Stück ab und steckte es mir in den Mund.

Es schmeckte himmlisch.

»Nein«, sagte ich zu Bobby, »damit lagst du ganz und gar nicht falsch.«

Kapitel 33

In den frühen Morgenstunden, nachdem in der Schokoladenfabrik alles erledigt worden war, was es für den Moment zu erledigen gab, fuhr Detective Levene mich nach Hause.

Meine Mutter stand bereits draußen und wartete ungeduldig.

Ihr Gesicht war bleich und angespannt. Sie hatte dunkle Ringe unter den Augen. Als ich aus dem Wagen stieg, rannte sie auf mich zu, zog mich an sich und drückte mich so fest, als wolle sie mich wie eine Tube ausquetschen.

»Mach so was ja nie wieder!«, schimpfte sie, als sie mich endlich losließ.

Und dann verpasste sie mir sechs Wochen Hausarrest.

Ich ging ins Bett und schlief fast bis Mittag. Ich

schlummerte tief und fest, doch als ich aufwachte, war mein Bett zerwühlt, als hätte ich mich die ganze Zeit hin- und hergewälzt.

Einige Tage später kehrte ich in mein Büro zurück und betrachtete das Foto von meinem Dad und mir vor der Fabrik. Ich hatte es von der Wand genommen. Eine Zeitlang war ich traurig, doch schließlich hängte ich es vorsichtig wieder an seinen Platz an der Wand und als ich zurück ins Haus ging, fühlte ich mich besser.

Ich beseitigte das Chaos in meinem Büro. Ich las jede Menge Bücher. Ich sortierte die Besteckschublade komplett neu. Ich räumte den Kühlschrank auf. Ich sah fern.

»Darf ich bitte wieder raus?«

»Nein.«

»Darf ich bitte, *bitte* wieder raus?«

»Nein!«

Ich machte meiner Mom Frühstück. Ich half ihr, die Einkäufe ins Haus zu tragen.

Ich goss sogar die Blumen im Garten.

»Hey, Nelle.«

»Hey, Cody.«

Sein kleines Gesicht lugte über den Gartenzaun.

»Ich wollte wirklich nicht, dass das alles passiert,

ganz ehrlich«, sagte er. »Es war einfach nur so ein süßer Teddybär.«

»Ich weiß, Cody.«

»Tut mir leid.«

»Ist schon gut.«

Er lächelte glücklich. »Angeblich können wir bald wieder Süßigkeiten kaufen«, berichtete er. »Im Geschäft.«

»Wer sagt das?«

Er zuckte mit den Schultern. »Na, die Leute in der Stadt halt.«

»Du musst echt mal ein bisschen langsamer machen mit den Süßigkeiten«, mahnte ich. Das sagte ich ihm bestimmt schon zum hundertsten Mal.

»Ich weiß«, antwortete er. »Ich esse auch gar nicht mehr so viel, Nelle.«

»Ach ja?«

»Ich schwöre«, beteuerte er. »Außerdem hat Mom mir einen Computer gekauft. Mit Spielen und so. Die spiele ich jetzt immer alle. Als Training. Wenn ich groß bin, werde ich Weltmeister, Nelle. Ein richtiger Champion.«

»Das ist gut«, erwiderte ich.

Er strahlte. »Ja«, sagte er. »Also dann, tschüss, Nelle.«

»Tschüss, Cody.«

Zuckerschnute kam mich ein paarmal besuchen und versorgte mich mit Neuigkeiten aus der Welt da draußen.

»Deine Mom ist echt mal abartig streng«, befand sie und biss in einen Haferkeks. »Hafer.« Sie verzog das Gesicht und fegte die Krümel geschickt in ihre Handfläche.

»So schlimm ist es gar nicht«, versicherte ich. »Hast du Eddie mal gesehen?«

Ihre Miene verfinsterte sich. »Der kleine Mistkerl«, knurrte sie. »Den würde ich nicht mal als Zahnstocher benutzen.«

»Also hast du ihn gesehen?«

»Wir sind uns hier und da mal über den Weg gelaufen. Er wohnt jetzt wieder bei seiner Grandma.« Sie lachte schallend. Kekskrümel flogen in alle Richtungen. »Er verkauft aber keine Süßigkeiten mehr. Das Geschäft ist am Ende. *Nirgends* gibt es mehr Süßkram. Die Kinder drehen schon total am Rad. Na ja, sie kommen schon drüber weg.« Ein verträumter Ausdruck huschte über ihr Gesicht. »War trotzdem irgendwie schön.«

Einmal rief Waffles an.

»Schnüfflerin?«

»Waffles.«

»Ja. Hör zu …«

»Das mach ich gerade.«

»Ich wollte nur Danke sagen. Du weißt schon.«

»Wofür?«

»Na ja, für alles eigentlich. Aber vor allem … du weißt schon … weil du Foxglove geholfen hast. Ich meine, ich wusste, dass das nicht sein richtiger Name war. Und wahrscheinlich auch, dass er kein richtiger Butler war. Aber für mich war er das irgendwie schon. Er war mein Freund. Ich hab sonst nicht viele Freunde.«

»Nein«, sagte ich. »Er auch nicht.«

Betretenes Schweigen kehrte ein. Schließlich meinte er: »Na dann, ich wollte jedenfalls einfach nur Danke sagen. Falls du mal einen Gefallen brauchst, melde dich. Du hast was gut bei mir, Schnüfflerin.«

»Okay«, antwortete ich. »Danke.«

»Bis dann, Schnüfflerin.«

»Bis dann, Waffles.«

Und dann kam sogar Detective Levene zu Besuch. Sie saß mit sehr, sehr geradem Rücken im Sessel und balancierte dabei eine Tasse Milchkaffee auf dem Knie. Meine Mom und ich saßen ihr gegenüber auf dem Sofa.

»Die Stadt möchte dir dafür danken, dass du geholfen hast, einer gefährlichen Bande von Schmugglern das Handwerk zu legen«, begann Detective Levene.

»Und dafür, dass du aufgedeckt hast, dass einige Mitglieder der Prohibitionsbehörde in der Ausübung ihrer Pflichten vielleicht etwas … wie soll ich sagen … nachlässig waren.«

»Nachlässig?«, wiederholte ich.

Detective Levene schien sich plötzlich sehr für ihre Kaffeetasse zu interessieren.

»Nachlässig?«

»Detective Tidbeck und Detective Webber haben freiwillig ihre Arbeit niedergelegt«, sagte Detective Levene.

»Wie meinen Sie das, ›ihre Arbeit niedergelegt‹?«, fragte ich. Ich spürte, wie die Wut in mir hochkochte. »Die beiden gehören ins Gefängnis!«

»Sie haben freiwillig ihre Arbeit niedergelegt.« Es klang, als würde sie eine vorbereitete Rede ablesen. »Um sich neuen Aufgaben zuzuwenden.«

»Was soll das heißen?«

Kann sein, dass ich ein bisschen laut geworden war. Meine Mom legte mir die Hand auf den Arm, um mich zurückzuhalten.

»Detective Webber ist aus dem Polizeidienst ausgetreten und hat die Stadt verlassen. Er sagte etwas von einem langen Angelurlaub. Jedenfalls wird er nicht zurückkommen.«

»Angelurlaub?!«

»Und Detective Tidbeck hat eine Stelle in Bay City angenommen. Als Sicherheitsberaterin bei der St.-Nougat-Manufaktur.«

»Sie kommen also ungeschoren davon?«, hakte ich nach. »Sie werden nicht mal vor Gericht gestellt?« Ich ballte die Fäuste. »Und was ist mit dem Bürgermeister?«

Detective Levene und meine Mutter wechselten einen Blick. »Bürgermeister Thornton ist von seinem Posten zurückgetreten«, antwortete Detective Levene. »Er wird sich auch nicht noch mal zur Wahl stellen.«

Ich starrte sie ungläubig an.

»Und das ist *alles*?«

Meine Stimme war immer noch sehr laut und ein wenig schrill.

»Tut mir leid, Nelle«, sagte Detective Levene. Ich sah ihr an, dass sie darüber auch nicht glücklich war. »Manchmal kommen die Bösen eben davon.«

»Aber das ist nicht *fair*!«

»Nein«, erwiderte sie sanft. »Das ist es nicht.«

Nachdem sie gegangen war, machte meine Mom mir eine Tasse warme Milch und wir setzten uns im Schlafanzug vor den Fernseher. Ich war immer noch wütend.

»Vielleicht kannst du ja morgen mal ein bisschen vor die Tür gehen«, meinte sie.

»Nein«, knurrte ich. »Ich habe schließlich Hausarrest, schon vergessen?«

»Na ja, vielleicht reicht es damit jetzt auch mal«, sagte sie. »Außerdem räumt hier jemand ständig den Kühlschrank um. Das treibt mich noch in den Wahnsinn.«

Beinahe musste ich lächeln, verkniff es mir dann aber und starrte stattdessen weiter finster auf den Fernsehbildschirm. Meine Mom strich mir übers Haar.

»Es ist einfach nicht *fair*«, wiederholte ich.

»Ich weiß, Nelle. Ich weiß auch, wie sehr dir das alles am Herzen liegt. Das ist es, was ich an dir so unglaublich liebe.«

»Du musst mich so oder so liebhaben. Ich bin deine *Tochter*!«

»Ja, das auch.« Sie kitzelte mich und jetzt lachte ich doch.

Nach Bürgermeister Thorntons Rücktritt übernahm eine Stadträtin seinen Posten.

Als eine ihrer ersten Amtshandlungen schaffte sie die Prohibitionsgesetze ab.

Nach drei Jahren konnte man in der Stadt endlich wieder ganz legal Süßigkeiten kaufen.

Und Bobbys Wunsch ging auch in Erfüllung.

Drei Monate nach der schicksalhaften Nacht in der Fabrik gingen wir alle zur großen Wiedereröffnung von Mr Singhs Laden.

»Vielen Dank, dass Sie alle gekommen sind«, sagte Mr Singh. Er hatte sich vor den versammelten Gästen aufgebaut und lächelte nervös. Reden war normalerweise nicht so sein Ding. Mrs Singh saß bei ihren »Jungs« und strahlte glücklich.

Hinter ihm glänzte die Chromoberfläche seines Verkaufstresens. Nebendran funkelte ein neuer Getränkeautomat. An der Wand hing ein farbenfroher Strauß aus Dauerlutschern, die so lang wie Pfauenfedern waren. Die Popcornmaschine knisterte und brutzelte vor sich hin. Auf dem Tresen standen reihenweise Farnsworth-Schokoriegel in ihrem leuchtend bunten Einwickelpapier bereit und warteten nur darauf, dass wir zugriffen.

Mr Singh räusperte sich.

»Nun denn«, sagte er in die gespannte Stille hinein. »Das hier ist es.« Er breitete die Arme aus. Bobby stellte sich neben ihn.

Mr Singh legte einen Arm um Bobbys Schulter und gemeinsam strahlten sie in die Runde.

Damit war die Rede beendet. Alle klatschten. Wir durchstöberten den Laden. Wir kauften Schokolade. Ich aß ein Erdbeereis.

»Hey, Nelle.«

Als ich mich umdrehte, stand Eddie mit einem verlegenen Grinsen auf dem Gesicht vor mir und kaute auf einem Schokoriegel.

»Hey, Eddie.«

Er war nicht mehr ganz so frech und selbstbewusst. Stattdessen trat er von einem Bein aufs andere und grinste auf eine Art, die ihn fast ein bisschen verloren wirken ließ. Sein rotes Haar stand wild in alle Richtungen ab.

Ich konnte ihm nicht länger böse sein. Es ging einfach nicht.

»Vor ein paar Tagen habe ich eine Postkarte von Mr Farnsworth bekommen«, berichtete er. »Er befindet sich in einem Sanatorium in der Schweiz. Anscheinend erholt er sich dort ganz gut. Er hat gefragt, wie es dir geht.«

»Gut so weit«, antwortete ich.

»Schön, schön. Das ist gut.«

»Ja.«

Wir standen betreten rum und wussten nicht weiter.

»Es tut mir leid. Ich habe mich nie wirklich bei dir bedankt. Für, na ja, alles eben.«

»Hey«, sagte ich. »Ich habe dir den Teddy zurückgebracht, richtig?«

Ich lächelte. Er lächelte.

»Freunde, *Agentin Candy?*«, fragte Eddie.

Ich zögerte. Der Name gefiel mir irgendwie. Schließlich streckte ich meine Hand aus und er ergriff sie.

»Freunde«, sagte ich.

Lavie Tidhar bekam für sein Buch *A Man Lies Dreaming* (2014) den Jerwood Fiction Uncovered Prize, außerdem ist er Gewinner des World Fantasy Awards für *Osama* (2011) sowie des Campbell Awards für *Central Station* (2016). Sein neuester Roman ist *Unholy Land* (2018) und sein allererstes Kinderbuch *Geheimagentin Candy und die Schokoladen-Mafia*.

SCARY HARRY

Das nächste Abenteuer wartet schon!

Band 7
ISBN 978-3-7855-8853-6

Harold und seine Freunde treffen auf die russische Geheimagentin Ludmilla Kalaschnikow. Sie arbeitet für den KGB (also für den Knochen-Geheim-Bund). Ausgerechnet Ludmilla will dabei helfen, Ottos Eltern zu befreien. Doch können die Freunde ihr trauen? Zum Glück gibt es ja noch Igor, den einäugigen Friedhofswärter, der immer ein wachsames Auge hat… Tja, aber leider nur eins.

weitere Infos unter: www.scaryharry.de

Loewe
Das will ich lesen!

DIE NEUE REIHE!
LUZIFER junior
TEUFLISCH GUT
Jochen Till
LUZIFER junior
Der Teufel ist los
Loewe
TEUFELS Küche
Band 4
ISBN 978-3-7432-0077-7
Höllisch gute Produkte zu
LUZIFER junior
findet ihr hier:
www.luziferjunior.shop
Loewe
Das will ich lesen!

ISBN 978-3-7855-8583-2

Im Buchladen von Sophies Eltern gibt es nicht nur Bücher zu kaufen – sondern auch Träume. Sowohl schöne als auch böse Träume werden hier destilliert, in Flaschen abgefüllt und verkauft. Aber das Traumgeschäft ist gefährlich und streng geheim, denn mit Träumen ist nicht zu spaßen! Ausgerechnet an Sophies zwölftem Geburtstag wird im Buchladen eingebrochen. Sämtliche Flaschen mit Albträumen werden gestohlen. Und Sophies Eltern werden entführt!

Zusammen mit ihrem Freund Ethan macht sich Sophie auf die Suche nach ihren Eltern und den verlorenen Träumen.

Loewe
Das will ich lesen!